ZENTA MAURINA

GELIEBTES LEBEN – GELEBTES LEBEN

ZENTA MAURINA

Geliebtes Leben - gelebtes Leben

Gedanken
über den Sinn des Lebens

MAXIMILIAN DIETRICH VERLAG MEMMINGEN

Auswahl und Anordnung dieser Aphorismen-Sammlung aus dem Gesamtwerk Zenta Maurinas besorgte Elisabeth Brühl, Friedberg

ISBN 3 87164 102 2

2. Auflage 1986, 6.–10. Tausend

Gesamtherstellung: MZ-Verlagsdruckerei GmbH, Memmingen
Einbandgestaltung: Andreas Brylka

Zum Geleit

Zenta Maurina begegnete ich in einer vom Schicksal gefügten, begnadeten Stunde. Gemeint ist hier nicht eine persönliche Begegnung, sondern jene beglückende Erkenntnis über Raum und Zeit hinweg, die sich so oft in ihren Büchern vollzieht.

Worin das Geheimnis dieser Begegnung verborgen liegt – wer könnte das ergründen?

Ist es die Lebenskraft ihres Wortes, das sie in die Welt gesandt hat?

Ist es die Erschütterung, die wir durch ihre Passion erleben? Ist es das zu Größe und wahrer Menschlichkeit verwandelte Leid, vor dem wir uns beugen?

Gewiß aber sind es auch die Bilder Gottes, die durch ihr Werk, das aus Wagnis und Verzicht geborene, manchmal wie durch Glas hindurchleuchten.

Eines ist sicher: Es geschieht immer etwas in uns, während wir ihre Bücher lesen, das uns zu innerst aufhorchen und wachwerden läßt.

Und auch dieses: Wir empfangen Tröstung und Heilung, soweit wir dazu die Aufnahmebereitschaft des Herzens besitzen.

Aus solchem inneren Angesprochensein entstand auch der Gedanke zu dieser Sammlung. Möge sie alte und neue Zenta-Maurina-Freunde erreichen!

Elisabeth Brühl

Es ist Gottes Wind,
der den Pfeil des Wortes lenkt:
Es ist der Weg der Geheimnisse,
den wir betreten.
Albrecht Goes

In meiner Jugend wollte ich um jeden Preis glücklich sein, heute weiß ich, das Höchste, was man erreichen kann, ist das Gleichgewicht zwischen Wagnis und Verzicht. Nie resignieren, immer wieder wagen, auch ohne Hoffnung auf einen Sieg.

Zenta Maurina

Der Mensch - das ewige Rätsel

Wahres Menschsein

Das höchste Kunstwerk ist und bleibt der Mensch. Dieses Kunstwerk zu vollenden, das uns allen – ganz gleich, ob wir als Schuster oder als Orchesterdirigent wirken – aufgegeben, ist die schwerste Arbeit; denn der Mensch, ein Wagnis Gottes, ist das unfertigste, in seiner Hilflosigkeit allen Gefahren preisgegebene Wesen, das für den Kampf ums Dasein wie im Urwald Afrikas, so in dem der motorisierten Großstadt schlecht vorbereitet und wenig ausgerüstet ist. Wie langsam und mühevoll erlernt er den aufrechten Gang; im Geistig-Seelischen bisweilen nie. *Die Langeweile S. 50*

Die Leibseele-Einheit wird heute von keinem ernstzunehmenden Wissenschaftler bestritten, aber nur wenige leben und wirken dieser Einsicht gemäß. *S. 51*

Wer sich Gott oder einer höheren Idee unterordnet, wer sich freiwillig in den Dienst einer guten Sache oder eines guten Menschen stellt, erfüllt sein Menschsein.

Nicht der Wettlauf zum Monde und der Venus wird unsere Zukunft entscheiden, sondern die innere Freiheit, die Vergeistigung des Lebens. *S. 63*

Der gewöhnliche Mensch kennt nicht grundloses Wohlwollen, er trägt den Stempel des Egoismus, der Verschlagenheit, der Habgier und des Neides.

Wohlwollen ist ein Kennzeichen eines edlen Menschen, es trennt ihn von der Herde und hebt ihn weit über die Masse hinaus.

Wohlwollen strahlen jene seltenen Menschen aus, die die höchste aller Tugenden besitzen: „Ungemein ist die höchste Tugend, unnützlich, leuchtend ist sie und mild im Glanze, eine schenkende Tugend ist die höchste Tugend" – Also sprach Zarathustra. Doch wer versteht heute zu schenken? Die meisten treiben Tauschhandel und nennen das Schenken.

Wahrhaftes Schenken ist dort, wo der Gebende im Geben ebenso glücklich ist wie der Nehmende, und wo die Grenze zwischen Austeilen und Empfangen ausgelöscht ist. Wer in der Liebe und in der Freundschaft, ob zu Hause oder in der Fremde und auf Reisen, die höchste aller Tugenden verwirklicht, wer mehr Verständnis ausstrahlt als Verstehen heischt, wer austeilt, ohne auf Bezahlung zu warten, wird immer in der Hand eine Blume der Freude halten.

Wie der Seufzer der Ausdruck der Schwermut ist, so ist das Lächeln der Ausdruck der Güte und des Wohlwollens.

Nur der Kulturmensch lächelt, und in seinem Lächeln liegt kosmische Kraft. Das Lächeln schlägt Brücken von Mensch zu Mensch, es erhebt uns über die engen Grenzen der Völker und Sprachen, es ist ein Zeichen der Allmenschlichkeit, ähnlich wie das Sinnbild des Roten Kreuzes. *Mosaik . . . S. 86/87*

In allen meinen Büchern und Vorträgen geht es mir um den Menschen, den unwiederholbaren, in seiner Teufelsbesessenheit und Gottähnlichkeit, auch wenn er heute den Zusammenhang mit den Kräften, die uns erschaffen und in uns wirken, verloren hat und sich zur Schraube im Mechanismus gemacht hat, der von einem Niemand bedient wird. *Welteinheit . . . S. 151*

Mit der Möglichkeit, die eigenen Fähigkeiten zu entfalten, wächst die Kraft der Überwindung aller Krankheiten und Mißstände. Das Zurückdrängen schöpferischer Triebe tötet die Lebensenergie.

Die Fähigkeit des Zuhörenkönnens, der seelischen Eindringung, ist eine der schönsten Gaben des Menschen und seltener als ein musikalisches Talent. *Nord- und südl. Gelände S. 52*

Der Mensch – Mitschöpfer Gottes

Der Mensch ist nicht der Befehlsempfänger Gottes, sondern Mitschöpfer und daher mitverantwortlich für alles, was geschieht und auch für alles, was nicht geschieht. *Begegnung mit Elly Ney S. 81*

Ein Teil der Menschen strebt von Gott weg, der andere zu Gott hin. Der Dichter erfaßt den Menschen als Ganzes in seinen satanischen und göttlichen Trieben. *Der Mensch . . . S. 29*

Wie zerrissen und finster eine Zeit auch sein mag, nie ist sie ohne einzelne, klar leuchtende, ihre Bahn unwandelbar gehende Sterne, und immer sind es einzelne, die das geistige unversehrbare Erbe in die nächste Generation hinübertragen.

Die Aufgabe des Dichters . . . S. 139

Je reiner, also je selbstloser, je wahrhaftiger wir sind, desto deutlicher spiegelt sich in uns das Gesetz des Ewigen. *S. 134*

Jeder Mensch, und besonders der Schaffende, benötigt auf der geographischen Karte seines Lebens Zonen der Einsamkeit, diese sind jedoch etwas anderes als das Ausgestoßensein. *S. 143*

Für eine Erdumrundung benötigt ein Astronaut etwas mehr als eine Stunde, eine Menschenumrundung dauert das ganze Leben, und das Wesentlichste erkennen wir erst, wenn er dieser Erde entrückt ist. *Verfremdung . . . S. 40*

Es gibt Menschen, die glauben nicht an sich selbst und wollen daher von den anderen eine Bestätigung ihres Selbst haben. Sie wurzeln nicht im eigenen Ich, sie wurzeln nirgends, und für solche Menschen ist es unsäglich schwer, allein und – auch – zu zweit zu leben. *Im Zuge des Lebens S. 84*

Kinder des Lichts – Kinder der Finsternis

Bereits die Bibel spricht von Kindern des Lichts, Kindern des Tages, und im Gegensatz zu ihnen – von Kindern der Finsternis, Kindern der Nacht. Im Judasbrief begegnen wir den der Dunkelheit verhafteten Menschen.

Daß ein verbrecherisch-mörderischer Drang allen Völkern eingeboren ist, davon hat uns der zweite Weltkrieg überzeugt, und wir müssen ständig Wache halten, damit sich das Böse und Gemeine in uns und um uns nicht in einen Urwald verwandle.

Wunderbar, ja erregend ist es zu beobachten, wie die Sonnenblume sich hartnäckig immer wieder dem Licht zuwendet. Der Mensch aber besitzt neben der heliozentrischen Kraft noch einen unergründlichen Drang, der ihn, wie kein anderes Wesen der Natur, in die Finsternis, ins Verbrechen zieht. *Die Langeweile . . . S. 52*

Wo der Sinn für den Einzelfall verloren geht, beginnt die Unmenschlichkeit. *Mein Lied ... S. 307*

Schön ist alles, was Himmel und Erde verbindet; der Regenbogen, die Sternschnuppe, der Tau, die Schneeflocken, doch am schönsten ist das Lächeln eines Kindes, das die himmlischen Wiesen noch nicht vergessen hat. *Im Anfang war die Freude S. 7*

Begegnung mit dem Ich

Unmittelbar ist uns nur das eigene Ich gegeben, das Leben des anderen, auch unseres Nächsten, können wir nur bis zu einer gewissen Grenze durch Beobachtungen erforschen, nie aber ganz aufdecken.

Das eigene Innenleben ist weder das Wichtigste noch das Wertvollste, aber es ist das einzige, das wir unmittelbar kennen, das uns ohne den unzuverlässigen Dolmetscher des Mundes, ohne die leicht mißverständliche Zeichensprache der Hände und Augen zugänglich ist. *Auf der Schwelle ... S. 14*

Das Ich trägt in seinem Innern einen göttlichen Funken, das Du ist der Entzünder, der nur eine bestimmte Steinart zum Aufflammen bringt. *S. 15*

Zur vollen Entfaltung eines Ich gehört lebendiger Widerhall. *S. 24*

Tatsächlich, wer während seiner Lebenswanderung für niemanden ein Feuer entzündet hat, erfriert, noch ehe er ans Ziel gekommen ist; wer dagegen am Morgen seinem Ich entsagt, um dem Du zu dienen, findet am Lebensabend die Erfüllung seines Ich.

Das Ich wird in dem Maße, als es Selbstverzicht leistet, in bezug auf das Du hellsichtig, hellhörig und hellfühlig werden. *S. 29*

Das Ich findet den Weg zum Du nicht durch theoretische Erkenntnisse, soziale Reformen oder technisch-chemische Vorgänge, sondern durch unmittelbares Miterleben, das Einfühlung voraussetzt.

Einfühlen, das heißt, sich von sich selbst lösen, in den anderen hineingleiten, zu Sympathiegefühlen fähig sein. Einfühlung ist nur ein anderes Wort für Sichvorstellenkönnen, Sichhineinversetzen, die eigene Gestalt wechseln.

Einfühlung ist Gnade, eine Begabung, ein Talent, nicht viel anders als musikalisches Gehör, das vernachlässigt und entwickelt werden kann. *S. 42/43*

Wir haben die Gesetze des Sonnensystems in den Atomen gefunden, versuchen wir, sie in unsrem eigenen Innern zu entdecken. *S. 185*

Vom Ich zum Selbst

Jeder Egoismus ist Verarmung, doch der schlimmste Egoismus ist der nationale. Wie ein Individuum, das nur für die Wohlfahrt des eigenen Ich lebt, menschenfeindlich, d. h. krank zu nennen ist, so ist ein Volk, das sich heute ohne Weltverantwortung ausschließlich den eigenen Zielen widmet, kultur- und menschenfeindlich.

Welteinheit . . . S. 145

Der menschliche Körper mit seinen chemischen Laboratorien und präzis funktionierenden physikalischen Gesetzen ist eine, wenn auch leicht verletzbare, so doch vollkommene Organisation; aber in seelischer Hinsicht ist der Mensch ein bedürftiges, schwankendes, hilfloses Wesen, das erst durch das Du zum Bewußtsein seines Ichs kommt. *S. 154*

Das einmalige sinnliche Ich ist der sterbliche Teil der Person, das Selbst – das unsterbliche, ist das Geistige im Menschen, das Wesentliche, das nicht vernichtet wird, wenn auch die Form vergeht. Das Selbst ist also das höhere Ich, das an der Gottheit partizipiert; je intensiver sich dieser Prozeß vollzieht, desto erfüllter ist menschliches Leben.

Erst wenn das Ich sich zum Selbst wandelt, d. h. sich in einer Überwelt, im Unvergänglichen verankert weiß, gewinnt es festen Halt. Wer die Metaphysik leugnet, macht das Leben zum Käfig.

Das Selbst ist mehr als das Ich, es ist der metaphysische Kern des Individuums, der Ausgangspunkt der religiösen Erfahrung, Teil des Urgeistes, das reine Bewußtsein, das in den verschiedenen Zuständen des Lebens identisch bleibt, der schweigende, ewige Zeuge, das Licht, das keine Macht auslöschen kann, die Basis im Strom der Wandlungen, mit deren Hilfe wir denken und meditieren.

S. 157

Das ganze Triebleben läßt sich nicht wie ein elektrischer Strom ausschalten, jederzeit sind die kleinen Teufelchen bereit, von uns Besitz zu ergreifen. Auf Erden ist es niemandem gegeben, vollkommen zu sein. Wer aber in der Bewußtseinserhellung lebt, beginnt mit jedem Sonnenaufgang erneut den Kampf des geistigen gegen das egoistische Ich.

In der alten Sanskritliteratur ist der Atman der in uns innerlich leuchtende Geist, den kein Tod zerstört. Wessen Ich sich zum Selbst wandelt, hat das Höchste auf Erden mögliche erreicht. *S. 158*

Der Homo fugiens

Das Genie haust an dem einen Pol des Alleinseins, der Flüchtling am anderen. Im selben Maße, wie das Genie produktiv und einmalig ist, ist der Flüchtling geistig verkümmert, ein Insekt im Schicksalswind.

Genialität ist Originalität. Und die Alten hatten wohl recht, die Genialität als etwas anzusehen, das dem Menschen durch magischen Zauber, durch den Geist eines Gottes eingeflößt wird.

Im Genie, das von allen menschlichen Wesen die größte Möglichkeit besitzt, eine eigene geistige Welt zu schaffen, ist Gott auf offenbare Art gegenwärtig. Im Antlitz des Flüchtlings dagegen spiegelt sich eine Gottverlorenheit ohnegleichen. Im Sand der Fremde versickern persönlicher Wunsch und Wille.

Um des Menschen willen S. 170

Der Beheimatete, das heißt der normale Mensch, lebt von Glaube, Liebe, Hoffnung und Arbeit, der Unbehausete von Verzweiflung, Verzicht, Verzagen und angstvollem Existenzkampf, der den Tod aller schöpferischen Arbeit und des schöpferischen Lebens bedeutet. Der normale Mensch hat ein Heim und vom Regenbogen der Erinnerung umwobene Dinge, zu denen er sagen kann: „Weißt du, damals, als ..."

Der Fremdling hat eine Unterkunft. Er vegetiert noch im zehnten Friedensjahr in einem Lager oder als Untermieter in einem billigen Zimmer, wo er jeder spontanen Regung und Bewegung entsagen oder einen Extrapreis dafür entrichten muß.

Dem Flüchtling wird die Freude der freien Wahl nicht zuteil, weder was die geographische noch was die seelische Landschaft betrifft. Hat aber ein

Mensch nicht die Möglichkeit, mit Gleichgesinnten die frohen und traurigen Feste seiner Seele zu begehen, kann er sich diese Möglichkeit auch nicht durch die größten persönlichen Opfer erringen, ist er des Menschseins und Glücks enterbt. *S. 172*

Alles Leben ist Dialog, besonders das kulturelle, doch der unbehauste Mensch hat nur die Möglichkeit des Monologs, und ein ununterbrochenes Selbstgespräch ist Krankheit.

Die Unruhe und Unsicherheit, das rat- und brükkenlose Leben ruft Gereiztheit, Neid und Mißtrauen hervor und macht den Unbehausten für seine Umgebung zu einem unerträglichen Menschen. Andererseits aber ist der homo fugiens beneidenswert reich: alles Verwesliche ist zerstoben. *S. 174*

Der schönste Schmuck des Menschen ist bekanntlich der Gedanke. Die Gedanken des Fremdlings aber, dem Heimatbaum entrissen, liegen als ein Haufen Föhrennadeln vor der Haustür – störender Schutt, über den die Einheimischen stolpern. Verwundet in winterlichen Nächten, ist der Fremdling dem Wind ausgesetzt, der auf seinem Mark die Klinge schleift.

Die zerschlagenen Bildwerke kommen ins Museum, der geschlagene Mensch findet nirgends eine bleibende Herberge. Nicht wohliges Beschütztsein erwartet den Heimkehrer.

Die Aufgabe des Dichters . . . S. 143

Mag sich jemand noch so sehr rühmen, dem Reiche des ewigen Geistes zugehörig zu sein, im realen Leben gehört er, insofern er nicht als wurzelloser Fremdling durch die Welt geschleust wird – irgendwohin; im Unterbewußtsein ist er mit seinen Ahnen, den Sitten, Gebräuchen und Riten seiner Heimat verbunden, mit dem Friedhof, wo die Lieben ruhen, mit der Kirche, in der er getauft worden ist.

Welteinheit . . . S. 45

Der Mensch – ein tragisches Wesen

Von allen irdischen und überirdischen Wesen ist nur der Mensch des tragischen Erlebnisses fähig. Wie allen Lebewesen, ist ihm der Selbsterhaltungstrieb eingeboren, doch im Gegensatz zur übrigen Kreatur ist nur er fähig, sein Leben bewußt und freiwillig zu opfern. Gott ist unsterblich und vollkommen, „sein Tun ist mühelos, hoch oben thronend, macht er sein Sinnen gleich zur Tat." Das Leben des Menschen dagegen ist unendlich mühevoll.

Um des Menschen willen S. 14.

Die Unvollkommenheit des Lebens ist unsere tragische Erfahrung, und die göttlichen Entschlüsse sind für unsere Vernunft nicht zu ergründen. Auf unser verzweifeltes Warum? Weshalb? gibt niemand eine Antwort.

Mosaik . . . S. 48

In irdischen Grenzen ist Größe ohne Tragik undenkbar. Mahatma Gandhi, der ein vorbildliches Leben für Frieden, Gerechtigkeit und Gewaltlosigkeit führte und nichts anderes wollte, als den Hinduismus beleben und seinem Volk ein menschenwürdiges Dasein verschaffen, fiel 1948 durch ein Attentat, das nicht ein Engländer verübte, sondern ein Hindu-Brahmane, dessen Gehirn zu klein war, um die Größe des Meisters zu erfassen.

Welteinheit . . . S. 111

Der Mensch, der am Alltag nicht Genüge hat, ist ein tragisches Wesen, denn nichts kann ihm hienieden ewig angehören, zu keinem Ding und keinem Menschen darf er sagen: „Mein". Das Haus, in dem er lebt, kann jederzeit niederbrennen, und der Tempel der Freundschaft kann jederzeit zusammenbrechen. *Gestalten . . . S. 137*

Mitmenschliche Beziehungen

Hinwendung zum Mitmenschen

Das Sympathiegefühl ist eine Hinneigung zum Mitmenschen, ein aufmerksames in ihn Hineinlauschen, ein Teilnehmen an seinem Schicksal. Diese Erweiterung des Ichs durch die Anteilnahme am Sein des Du, das Hinausfühlen über das Eigensein, gehört zu den schönsten Fähigkeiten des Menschen und vielleicht zu den höchsten Glückseligkeiten.

Die mit einem Sympathiegefühl begabten Menschen sind das Gegenteil der egozentrischen, es sind die anthropozentrischen, das heißt solche, die nicht im eigenen Ich oder im Kosmos, sondern im Mitmenschen zentriert sind.

Es gibt Menschen, die für Sympathiegefühle ganz besonders begabt sind, und ihre Biographie überzeugt mehr als alle theoretischen Ausführungen. Genial in dieser Hinsicht war Dostojewskij, aber auch Tschechow. *Auf der Schwelle . . . S. 17*

In einer abgeschlossenen Zelle vermag der Mensch Gott zu finden, nie und nimmer aber gelangt der Seelenbaum zur vollen Entfaltung, und in der Isolation verwandeln sich die ungenutzten Kräfte in ein lebensgefährliches Gift. Das Du senkt neue Samenkräfte ins Ich, gibt neue Entwicklungsimpulse. In der Wechselwirkung mit dem Du erkennt das Ich seine Mängel und Lücken. *S. 18*

Die tiefste Freude ist in den Beziehungen von Mensch zu Mensch gegeben, aber auch der tiefste Schmerz. *Gestalten . . . S. 8*

Unergründlich ist es, warum manche Menschen in uns ein Wohlwollen auslösen und andere wieder eine niederdrückende Langeweile.

Es gibt Menschen, die den ganzen Raum mit Licht füllen, sobald sie in unsere Nähe gekommen sind.

Und wieder andere, die über alle unsere Gedanken und Gefühle einen grau-gelblichen Nebelschleier decken.

Die gegenseitigen Beziehungen der Menschen bergen, wenn sie frei von Berechnungen und Interessen sind, einen irrationalen Rest in sich. Können wir alle Gründe unseres Wohlwollens aufzählen, dann ist der betreffende Mensch uns nicht wahlverwandt. *Mosaik . . . S. 120*

Man umwandert schneller zu Fuß die Erdkugel als einen lebendigen Menschen. Man sieht den Mitmenschen unter dem Winkel, unter dem man ihn sehen will, man beurteilt ihn nach den eigenen Anlagen und Trieben. Das Andersgeartete sieht man gar nicht, oder man sieht es falsch, verzeichnet und verzerrt. Daher die vielen Mißverständnisse, Ärger und Kränkung. *Jahre der Befreiung S. 326*

Wir erweitern unseren Horizont, indem wir in den anderen hineinlauschen, und nicht, indem wir ihn beherrschen. *Welteinheit . . . S. 31*

Eine Geste – eine Wortfolge kann mehr sagen als jahrelange Bekanntschaft, ein Händedruck – ein Zeichen genommener und gegebener Freundschaft. Unser Gespräch – wechselseitige Enthüllung und Bereicherung – eine eigentümlich aufblitzende Durchleuchtetheit, die Unverlierbares schenkt.

Abenteuer des Menschseins S. 254

Jeder muß etwas haben, das dem Leben einen Sinn verleiht. Menschen verkümmern und verkommen, wenn man ihnen das Liebste, das Eigenste raubt. Zerstört man die Freude an der selbstgewählten Arbeit, zerstört man den Menschen.

Kleines Orchester . . . S. 150

Ist Eros und Agape durch den Sex verdrängt und unaktuell geworden, dann ist auch der Mensch unaktuell, der Mensch, der sich vor der Wasserstoffbombe fürchtet und sich dessen nicht bewußt ist, daß unsere Existenz mehr als durch die Vernichtungswaffen durch die Einschrumpfung der Seele bedroht ist. In der Gestaltung der materiellen und technischen Welt haben wir große Fortschritte gemacht, in ethischer Hinsicht und den zwischenmenschlichen Beziehungen Rückschritte. *S. 166*

Notgedrungene Anpassung ruft durch das Gefühl eigener Unzulänglichkeit bohrende Beängstigungen hervor.

Wesensfremde, aufgezwungene Geselligkeit rupft eine Feder nach der anderen aus.

Die eisernen Riegel ... S. 16

Begegnungen mit dem Du

Manche Begegnung bedeutet etwas Unverlierbares – wechselseitige Enthüllung und Bereicherung – aufblitzende Durchleuchtung.

Abenteuer des Menschseins S. 254

Jegliches in Jeglichem – lehrte schon Anaxagoras. In der kleinen Eichel ist der mächtige Baum enthalten, und zu unserer Erdkugel gehört nicht nur der gewaltige Adler, sondern auch der kleine Gartenlaubsänger. Im Laufe der Jahre habe ich einsehen müssen, daß in einigen der sogenannten kleinen Menschen ein solches Maß an Hoheit und Größe verborgen liegt, daß man sich gezwungen fühlt, sich demütig vor ihnen zu verneigen.

Jede Begegnung mit einem Lichtmenschen weist uns einen neuen Weg. *Jahre der Befreiung S. 11*

Wenn der Mensch zur Selbstfindung der Einsamkeit bedarf, so braucht er zur Selbstvollendung das Du. In der empirischen Wirklichkeit gibt es den Menschen als solchen überhaupt nicht, sondern nur ein männliches oder weibliches Ich, das in seiner Einseitigkeit und Begrenztheit durch die Begegnung mit dem Du entweder reift oder scheitert und durch die mannigfaltige Verbundenheit mit diesem Du überhaupt erst lebt. *Auf der Schwelle . . . S. 9*

Nicht anzuzweifeln ist, daß es zu einem Gefühl der Geborgenheit, zu einer innerlichen Vereinigung nur bei einer Begegnung von Gleichgesinnten kommt, bei Menschen, die auf einem langen Wege der Einsamkeit zur Persönlichkeit gereift sind, ohne die tragende Kraft der Einsamkeit eingebüßt zu haben. *S. 10*

Wie im Leben der Völker, so bedingt auch im Leben der Einzelmenschen Begegnung eine Steigerung der Individualität. Unser Ich entfaltet sich nur im Dialog mit der Welt und bei der Begegnung mit dem Du. Tiere treffen einander, Menschen begegnen einander.

Sokrates begegnete Platon. Was wüßten wir von Sokrates, wenn er unter seinen Schülern nicht einen Platon gehabt hätte?

Selbst Christus brauchte seine Jünger, um auf die Menschen einzuwirken. *S. 11*

Die Du-Findung ist die schwerste Aufgabe in

unserem Leben, nicht nur das Du des anderen Geschlechts, sondern das Du des Mitmenschen überhaupt. *S. 13*

Wir können Mimik und Gesten des Mitmenschen beobachten, in seine Worte uns vertiefen, aber wir können die entscheidenden Motive seiner Handlungen nicht wie einen Apfel in der Hand halten. Trotzdem können wir am Du nicht vorübergehen, denn der Mensch ist ein Mangelwesen; von der Geburt bis zum Tode ist er auf den Mitmenschen angewiesen. Niemand fällt bei der Geburt als Sternschnuppe vom Himmel, niemand steigt beim Tode als Stern empor. *S. 14*

Menschliches Dasein vollendet sich im Du-Sein. Nicht durch sein Verhältnis zum Selbst, sondern durch sein Verhältnis zum Du kann der Mensch sein Menschsein erfüllen. Verkümmern die Relationen zum Du, schrumpft das Ich ein oder sucht gewaltsam einen Scheinausweg im Verbrechen, Irrsinn und der Selbsttötung.

Alles Sterben beginnt mit der Isolation. Erschreckt von den Ungeheuerlichkeiten Leben und Tod, begehrt das Ich nach dem Du wie die voneinander abgetrennten Gestalten in den Gemälden Edvard Munchs.

Unmittelbar ist uns nur das eigene Ich gegeben, das Leben des anderen, auch unseres Nächsten, können wir nur bis zu einer gewissen Grenze durch

Beobachtungen erforschen, nie aber ganz aufdekken. Das eigene Innenleben ist weder das Wichtigste noch das Wertvollste, aber es ist das einzige, das wir unmittelbar kennen, das uns ohne den unzuverlässigen Dolmetscher des Mundes, ohne die leicht mißverständliche Zeichensprache der Hände und Augen zugänglich ist. Ortega hat recht, wenn er sagt: „Jeder von uns ist für den anderen ein Außerhalb und darum sind wir uns von Grund auf fremd.“ *S. 14*

Das Ich sehnt sich nicht nach irgendeinem Du, sondern nach einem traumbekannten, dessen Wesen das seine läutert und steigert, nach einem Du, das zu neuen schöpferischen Taten drängt und vor den Lebenswidrigkeiten nicht zurückschreckt. Das Ich trägt in seinem Innern einen göttlichen Funken, das Du ist der Entzünder, der nur eine bestimmte Steinart zum Aufflammen bringt. *S. 15*

Freunde sind durch eigene Wahl zusammengeführt und nicht zwei Lasttiere in einem Gespann oder zwei Regentropfen auf einer Fensterscheibe. Weggenossen, Kriegskameraden, Reisegefährten, Nachbarn sind noch nicht Freunde. Zum Freundsein gehört die gleiche Gesinnung, das gleiche geistige Klima.

Warum gerade dieses eine Du das auserkorene ist, können wir mit der Vernunft nicht erklären. Nicht nur Sterne, auch Menschen senden Strahlen aus, und auf dieser Sendefähigkeit beruht die vernunftmäßig unerklärbare und „ungerechte" Sympathie und Antipathie. *S. 16*

Zu der wichtigsten Aufgabe in unserem Leben, zu den Ich-Du-Beziehungen, sind wir am wenigsten vorbereitet, besonders seit in den Schulen anstelle der humanistischen Ausbildung die mechanistisch-naturwissenschaftliche, in der Familie anstelle des Abendgebetes das Fernsehen getreten ist, Eltern ihre Kinder erziehen, indem sie ihnen alle Wünsche des äußeren Lebens erfüllen, und Menschen durch ein Telefongespräch Freundschaft aufrechtzuerhalten meinen. *S. 20*

Der Weg vom Ich zum Du wird nie zu Ende gegangen, weil der Mensch dem Menschen intransparent ist. Die Psychoanalyse, das Testverfahren Hermann Rorschachs und anderer hat unser Wissen um den Menschen ungeheuer bereichert, aber der einmalige metaphysische Kern bleibt unerfaßt, wie genau wir auch die Komplexe, Verdrängungen und Hemmungen, die Neigungen und Abneigungen des jeweiligen Individuums ergründen.

Auf der Schwelle . . . S. 22

Wie unendlich auch die Bereicherung durch Religion und Philosophie ist, nichts läßt sich mit der Zuneigung eines geliebten Menschen messen. Im Zusammensein mit dem geliebten Menschen geht die Sonne auf und die Welt leuchtet wie am siebten

Schöpfungstage. In der Todesstunde sagt uns die Hand des Freundes mehr als das vollkommenste Kunstwerk. Während wir leben, sterben wir viele Male. Dies ist allerdings eine ausgesprochen abendländische, dem unpersönlichen Hinduismus entgegengesetzte Auffassung. *Welteinheit ... S. 154*

Du kann man nur zu einem Menschen sagen, der auch das Unaussprechliche in unserem Leben kennt, der unser Ich in sich aufgenommen hat, unser Ich mit all seinen Fehlern und Unzulänglichkeiten. *Jahre der Befreiung S. 86*

Tatsächlich, jeder Schmerz, der körperliche wie der seelische, wird durch die Nähe des Freundes gemildert und verdoppelt sich, wenn er auf die Gleichgültigkeit eines anonymen Jemand stößt.
Auf der Schwelle ... S. 17

Ich brauche den Partner, beglückende Übereinstimmung und geschwisterliche Sprache, die Direktheit der Wechselwirkung ohne Faltenwurf und Brokat.

Ich brauche das Du, wie die Weinranke die feste Mauer, an die sie sich mit haarfeinen Saugfingern klammert. *Mein Lied ... S. 193/194*

Oft geschieht es, daß ein Dritter in den Raum tritt, um eine Wand zwischen zweien zu errichten oder auch eine schon lange vorhandene sichtbar zu machen.

Viel seltener wird eine trennende Wand durch den Dritten vernichtet; wo dieses geschieht, hat sich das Wunder wahrer Freundschaft vollzogen.

Auf der Schwelle ... S. 21

Auch bei Mitmenschen, die uns am nächsten stehen, gibt es dunkle Zonen, verwirrende Windungen, heimliche Wege, verrammelte Kammern, zu denen wir keinen Zutritt haben. *S. 23*

Soweit die Beziehungen vom Ich zum Du nur intellektuell sind, werden Menschen durch eine Glaswand getrennt; zerschlägt man diese, zerbricht die Freundschaft und man steht mit blutenden Händen da. *S. 39*

Der Mensch muß zurücktreten, um den Mitmenschen zu sehen. Das Unglück ist, daß der Gegenwartsmensch das Dienen verlernt hat, Selbstentäußerung nicht kennt und irrtümlicherweise meint, das Leben habe keinen Sinn, wenn nicht alle Wünsche erfüllt werden. Und wo das Dienen fehlt, fehlt auch das Du-Sehen, dagegen wird das Ich in in dem Maße, als es Selbstverzicht leistet, in bezug auf das Du hellsichtig, hellhörig und hellfühlig werden.

Auf der Schwelle ... S. 30

Je höher die Kulturstufe, auf der ein Mensch steht, desto reichhaltiger sind seine Beziehungen zur Umwelt. Je feiner die Fäden, aus denen das Innere verwebt ist, desto mehr vermag ein Mensch zu geben, doch desto schwerer ist er auch zu befriedigen. Differenzierung bedeutet Bereicherung, also Beglückung, doch andererseits auch Vereinsamung, also Betrübnis. *Mosaik . . . S. 121*

Das Zwiegespräch

Zum Menschsein gehört der Mitteilungsdrang und die Mitteilungsfähigkeit. Aber zum Mitteilen gehören zwei, einer der aussagt, und der andere, der zuhört. Heute ist anstelle des Lauschens ein eifriges Aufeinanderzuschwatzen getreten. Doch wie sollte man dem Du zuhören, wenn man nicht einmal die eigene innere Stimme vernimmt? Man hört kaum noch mit den Ohren, selten mit dem Hirn und Herzen, ganz zu schweigen, daß man, um das Gesagte zu verstehen, die gesamte Einbildungskraft in Bewegung setzt. *Auf der Schwelle . . . S. 15*

An die Stelle des intimen Zwiegesprächs tritt der unpersönliche Telefonanruf, in dem die Partner einander unsichtbar werden, da nicht einmal Mimik und Geste die inneren Vorgänge spiegeln. Am Gefühl des Alleinseins sterben heute vielleicht mehr Menschen als an Epidemien. *S. 30*

Der Bruder des Briefes ist das Zwiegespräch. Was für den Körper der Spaziergang, das bedeutet für den Geist das Gespräch; doch einen guten Gesprächspartner zu finden, ist heute noch schwerer, als einen vollendeten Briefschreiber. Denn Reklame und Propaganda sind die Würger der intimen Seele des Gespräches. In der Freudenskala nimmt das Gespräch eine der höchsten Stufen ein.

Sokrates verscheuchte die grausigen Schatten des ihm zugesprochenen Todesurteils durch ein Gespräch mit seinen Jüngern. *Mosaik . . . S. 162*

Wie durch Reimen noch kein Gedicht entsteht, so durch Sprechen noch kein Gespräch. Das Edelste wird bisweilen so sinnlos zerschwatzt, daß man sich vor den Worten der Menschen fürchtet. Das Schwatzen mancher erinnert an eine ausgespielte Grammophonplatte: hundertmal Gehörtes wird fade, flau und falb wiederholt.

Dann gibt es wieder Menschen, die wie mit einem Knüppel dreinhauen, daß man fast physischen Schmerz empfindet . . .

Doch es gibt auch Gedanken- und Stimmungwekker. Sie sagen nur ein leises Wort, heben die Hand oder lächeln und alle Gedanken-Knospen entfalten sich.

Der Gedanke ist dem Saatkorn vergleichbar. Um seine volle Keimkraft zu entfalten, braucht er fruchtbare Erde, Geruhsamkeit, Wärme, Wind aus dem Süden – alles das, was ein wahrhaftes Gespräch enthält. *S. 163*

Müßte ich die seligsten Augenblicke meines Lebens nennen, in denen ich am intensivsten gelebt habe, so sind es meine Gespräche, nicht nur mit den Bergspitzen Europas, mit Romain Rolland, Gundolf, Sillanpää, Rainis, sondern auch mit manchen anderen, deren Namen in der Öffentlichkeit nicht bekannt sind ...

Bei einem beseelten Gespräch ist einer der Partner das Instrument, der andere ein virtuoser Spieler, beim nächsten Gespräch aber weiß man nicht, wer der Spieler und wer das Instrument ist. *S. 164*

Im Dialog trägt sich das Schwerste leichter. In der Aussprache wandelt sich der auf uns herabstürzende Stein in einen Felsen, auf dem man festen Fuß fassen kann. *Über Liebe und Tod S. 124*

Briefe

Es gibt Briefe, bei deren Empfang man von den Fingerspitzen bis in die Haarwurzeln ein unangenehmes Kribbeln spürt, und solche, die ungeöffnet die Herzkammern durchsonnen. *Sieben Gäste S. 96*

Briefe durchleuchten unser Leben mit einer der zartesten Freuden, die immer mehr dahinsiecht.

Der wahre Brief, der mit dem Bericht nicht zu verwechseln ist, ist ein impressionistisches Dichtwerk sui generis, ein Zwiegespräch mit dem in der Ferne oder auch in der Nähe weilenden, dem Herzen teuren Menschen, dem man aus Furcht vor Lautsein mündlich das nicht sagen kann, was sich leicht in Schriftzeichen fügt. *Mosaik ... S. 156*

Der Brief ist der Besuch eines geliebten Menschen, den man ungern in Gegenwart eines Zufallsbekannten empfängt. Beim Lesen eines Briefes, ebenso wie bei einem Gespräch, ist „der dritte der Kork, der verhindert, daß das Gespräch der zweie in die Tiefe sinkt". *S. 157*

Ein Brief kann Flügel schenken, aber auch ein Hammer sein, der den Tag zertrümmert.

Jahre der Befreiung S. 42

Die Post wird durch die Türspalte geworfen; von allen zärtlichen Geräuschen ist dies für mich das wohltuendste: ein leises Fingerspitzenklopfen des Schicksals.

Die Schritte des Briefträgers, wer kennt sie nicht? Das Öffnen und Schließen der Blechklappe in der Türspalte? Die zu Boden fallende Postsendung: ein Brief, nicht lauter wie ein Ahornblatt.

Mit flatterndem Herzen wartete ich immer und warte noch heute auf die Post, ohne eigentlich zu wissen, worauf ich warte. Ich harre einer Botschaft, groß und licht wie die Sonne, die mit einmal dem Dämmerleben ein Ende machen wird, eine geheimnisvolle, erlösende, kettensprengende Licht-Botschaft.

Ein Brief kann der Flügelschlag eines Vogels sein, der eine Lawine ins Rollen bringt – eine Lawine der Freude. *Denn das Wagnis . . . S. 106*

Damit der Mensch in der Verzweiflung nicht zugrunde gehe, damit er im Elend nicht dem Tiere gleiche, damit er durch Niederlagen nicht abstumpfe, senkte Gott in seine Brust das Gefühl der Freundschaft. Für den größten Teil der Menschheit ist Freundschaft nur ein Sonntag, der siebente Teil des Lebens. Vielen, allzuvielen ist sie ein Pfingsten oder Ostern: man feiert das Fest und vergißt es; am häufigsten sind Heiden anzutreffen, die das Heiligtum der Freundschaft überhaupt nicht kennen.

Mosaik ... S. 125

Auch die alten Römer wußten es, daß der Freund etwas Unersetzliches ist. In der Einmaligkeit der Freundschaft liegt ihre Schönheit, aber auch ihre Tragik, denn „von der Tage Anbeginn gibt es keine Dauer". Jede Leistung, jedes Ding ist ersetzbar, Freundschaft aber ein unwiederholbares Kunstwerk.

Verfremdung ... S. 44

Nichts erfüllt den Menschen mit einem so tiefen Glücksgefühl wie das Bewußtsein, daß er einem lebendigen Wesen unersetzbar ist, daß ihn das Auge des Freundes erkoren und auserwählt hat.

Gestalten ... S. 132

Es liegt in der Natur des Menschen, besonders des schöpferischen, daß er erst durch die Bestätigung seines Selbst reift, sich seiner Mängel, Fehler und Grenzen wie auch seiner keimhaften Möglichkeiten bewußt wird. *Denn das Wagnis . . . S. 239*

Der gestirnte Himmel der Liebe und Freundschaft wird von zwei Säulen getragen: vom Verständnis füreinander und vom Vertrauen zueinander. Wo eine dieser Säulen stürzt, ist das Himmelsgewölbe bedroht. *Gestalten . . . S. 138*

Freund zu sein vermag nur ein Verstehender, ein Hellsehender, nie und nimmer jemand, der auf einem Auge blind ist und somit nur sein eigenes Ich sieht. *Verfremdung . . . S. 128*

Der Freund kommt zu dir in tiefer Mitternachtsstunde, ungerufen, ungebeten, und bleibt bei dir, bis die Morgenstunde ihn ablöst.

Wohlklingend und wohltuend ist jeder Akkord der Freundschaft, doch glücklich preise ich den Wanderer, den die Sinfonie der Freundschaft über den Sumpf, die steinige Wüste, durch das Dickicht des Waldes begleitet – in Krankheit, Armut und Verlassenheit bis zu den Toren des Todes. So selten im Norden wolkenlose, leuchtende Tage sind, so selten ist auch ein Freund, der dir auf deiner Lebensreise vom frühen Morgen bis in den späten Abend treu bleibt. Freundschaft ist ein Edelstein, die Treue das Gold, das ihn einfaßt, und ohne die sichere Fassung gelangt das teuere Kleinod nicht zu vollem Glanze und verliert sich leicht. *Mosaik . . . S. 126*

Freundschaft ist ein Weihegeschenk, das der Mensch ohne Verdienst und Würdigkeit empfängt. Der Tempel der Freundschaft wird nie zu Ende gebaut. Er bröckelt ab und stürzt ein, wenn man nicht jeden Morgen von neuem an ihm arbeitet. Mit jedem Sonnenaufgang muß man den Freund mit neuer Liebe lieben, mit neuer Aufmerksamkeit beobachten, mit neuer Nachsicht ihm verzeihen, man muß, um mit ihm Schritt zu halten, sich wandeln, weit die Seelenfenster öffnen, damit der Wind den Staub der alles abstumpfenden Gewohnheit verwehe.

Freundschaft ist nicht nur ein Geschenk, es ist auch eine Anstrengung. Wer um seines Freundes willen nicht eine Nacht durchwacht und gelitten, hat ihn nicht wahrhaft geliebt. Der Freund ist nicht ein Buch, das man jederzeit, auch mit unsauberen Händen, aus dem immer offenen Bücherschrank holen kann, um die öden Abendstunden zu beleben und die Langeweile, die Schopenhauer die schlimmste Peinigerin des Menschen nennt, zu verscheuchen oder auch um den Schlaf herbeizuführen. Freundschaft ist die zarteste Blume, die gegenseitigen menschlichen Beziehungen entsprießt. Wenn sie nicht mit nimmermüder Geduld und Fürsorge umhegt wird, vertrocknet und verwelkt sie, noch ehe die Knospe sich entwickelt hat.

Mosaik . . . S. 127

Gewöhnlich suchen wir im Du entweder eine

Wiederholung unseres Ich oder einen Lückenbüßer und am öftesten gehen wir fehl, indem wir erwarten, das Du müsse unserem willkürlich hergestellten Idealbild entsprechen. *Verfremdung . . . S. 129*

Aufgabe der Freundschaft ist es, unausbleibliche Disharmonien in Harmonien aufzulösen.

Nichts ist schmerzlicher als Enttäuschung am Freunde.

Man zog am frühen trüben Morgen aus, um einen Montblanc zu besteigen, und als sich um die Mittagszeit der Nebel verzog, stand man vor einem Maulwurfshügel.

Bei solchen Begängnissen ist ein peinliches Gefühl der Scham, der eigenen Unzulänglichkeit nicht zu vermeiden. Der Maulwurfshügel ist nicht schuld, daß wir ihn in unserer Kurzsichtigkeit, in unserer Unkenntnis der geographischen Seelenkarte, in unserm Durst nach Höhenluft für einen schneegekrönten Gipfel hielten. *S. 131*

Wir suchen im Mitmenschen so hartnäckig die Vollkommenheit, weil wir an unserer eigenen Unvollkommenheit so schwer tragen; auch ist es leichter, dem Mitmenschen Fehler vorzuwerfen, als die eigenen einzusehen und sich von ihnen zu befreien. *S. 132*

Wenn es schwer ist, einen Freund zu finden, so noch schwerer, Freundschaft zu bewahren. Distanz bewahrt Freundschaft mehr als allzu große Offenheit. Wahrheit ist ein gefährliches Ding, das man nur selten gebrauchen darf – stets sei man dessen eingedenk. *Mosaik . . . S. 129*

Wahrhaftigkeit ist ein starkes Band der Freundschaft, doch darf man diese nicht mit Klatsch, plumper Geschwätzigkeit, mit dem unbeherrschten Drang, alles auch zur Unzeit zu sagen, verwechseln.

Taktlosigkeit ist der tödliche Stachel der Freundschaft. *Verfremdung . . . S. 131*

Eine Formel vereinigt alle meine Werke, die Formel 4 F = Friede, Freiheit, Freundschaft, Freude. Diese 4 F, die einander bedingen, ergänzen und vertiefen, können die Neugeburt des Seins auf einer höheren Ebene fördern.

Die gescheiterte Welt kann an der Freundschaft genesen.

Nichts bindet so stark wie gemeinsam durchstandenes Unglück, das Wissen um das Unabwendbare und um die Schwäche des Partners. Das Eingeständnis eigener Fehler ohne peinliche Selbstzerfleischung ist ein Zeugnis von Seelenadel und innerer Stärke: man weiß, daß man nach einem Fall sich wieder erheben wird und daß steiniges Gefälle und Leben das gleiche bedeutet.

Nord- und südliches Gelände S. 265

So alt wie die Kulturgeschichte ist auch das Hohelied der Freundschaft, das seinen vollsten Klang bei freien Völkern, in Epochen der Verherrlichung der Persönlichkeit erhalten hat. Mit Griechenland beginnt die europäische Kultur, und die Geschichte der Freundschaft mit Achilles und Patroklos. Die feinsinnige, älteste Freundschaftstradition finden wir bei den Franzosen. In ihrer Dichtkunst, ganz gleich aus welchem Zeitalter, wird die Freundschaft zum religiösen Kult erhoben. *Mosaik . . . S. 130*

Freundschaft, Gespräche und Briefe sind eng miteinander verbundene Ausdrucksweisen eines anthropozentrischen Geistes. Ihr gemeinsames Leitmotiv ist Ehrfurcht vor dem Menschen, Liebe zu ihm und ihre gemeinsame Voraussetzung – die Muße. *S. 150*

Freundschaften auf der Abendschwelle sind Ausnahmen. Mit den Jahren wird man wählerischer und fürchtet, sich neuen Enttäuschungen auszusetzen. Das Fehlen gemeinsamer Erinnerungen, gemeinsam begangener Feste und gemeinsamer Trauer, bildet eine schwer zu überwindende Kluft zwischen dem Ich und einem neuen Du.

Andererseits bedarf man aber gerade auf der Abendschwelle neuer Freunde, um nicht zu vereinsamen, um sich nicht in eine Enge zu verkapseln. Jeder wahre Freund reißt ein Tor auf in der Mauer, die das Ich einschließt. *Verfremdung . . . S. 100*

Wer die Kerze des anderen ausbläst, um sein

eigenes Licht zur Geltung zu bringen, vermag nicht Freund zu sein. *S. 131*

Der Freund vermag eine Wüste in ein Paradies zu verwandeln, aber auch ein Paradies in eine Wüste.

Jahre der Befreiung S. 365

Gesegnet seien alle meine Freunde, Meilensteine auf meiner Pilgerfahrt zu Gott, gesegnet für das Licht, das sie auf meinem Wege entzündeten, gesegnet auch für die Irrlichter, gesegnet für den Glauben, den sie mir schenkten, gesegnet für die Enttäuschungen, die mich ihnen entfremdeten und meinem eigenen Herzen näher brachten!

Denn das Wagnis ... S. 163

Wer bitter ist, ist ungerecht, gegen sich und andere, besonders, wenn er mehr als um das Heiligtum der Freundschaft um die Wunden seines eigenen Ich besorgt ist. *Gestalten ... S. 138*

Das Gefäß der Freundschaft ist immer bedroht, wenn einer der Freunde im Glück sich sonnt und der andere gezwungen ist, auf der Schattenseite des Lebens zu wandern. *S. 141*

Das Höchste, was der Mensch auf Erden schenken kann, ist nicht die glühende, leidenschaftliche Liebe, die sich in Haß zu verwandeln vermag, sondern die durch Freundschaft verklärte Liebe, die Nachbarin des immer dauernden Wohlwollens.

S. 155

Bittet dich dein Freund, ihm reinen Wein einzuschenken, dann scheue dich nicht, in den dunkelsten Keller hinabzusteigen, hüte dich aber, das ganze Weinfaß über seinem Haupte auszuschütten.

Verfremdung ... S. 131

Die Freundschaft, die das heftige Besitzergreifen der Leidenschaft nicht kennt, steht jenseits des Trieblebens; sie ist der höchste Ausdruck persönlicher Freiheit und geistiger Souveränität, eine Macht, die selbst den finstersten Kerker erhellt und den würgenden Strick unheilbarer Krankheit lokkert. *S. 125*

Sind zwei Freunde voneinander getrennt, so können sie während ihres Fernseins entweder einander entgegen- oder auch auseinanderwachsen.

Die weite Fahrt S. 302

Wie alles Lebendige, so ist auch Freundschaft einem Wandel unterworfen. Entweder kommt man einander immer näher oder geht immer weiter voneinander fort. *Verfremdung ... S. 130*

Auch für die Größten ist es leichter, ein makelloses Gedicht zu vollenden, als lebenslang eine makellose Freundschaft zu halten.

Denn das Wagnis ... S. 239

Vielleicht ist eine lebenslängliche Freundschaft hier auf Erden überhaupt nicht möglich. Wir sind zu unvollkommen. Wir sind nur Stückwerk, wie sollte uns Vollkommenes zuteil werden?

Die weite Fahrt S. 302

Wer Freundschaft bis ans Lebensende bewahren will, muß die Kraft besitzen, sich über die unbegreiflichen Handlungen seines Freundes hinwegzusetzen. *Gestalten . . . S. 138*

Man muß an den Freund im Ganzen glauben, um sich an den einzelnen, dornig-dürren Ästen nicht wundzustechen. Wir können uns allen Menschen gegenüber zu einem Wohlwollen, zur Pflichterfüllung, vielleicht auch zur Nachsicht erziehen, aber Freundschaft können wir nur zu einigen wenigen empfinden.

Je älter man wird, desto schwerer läßt sich die vor Sturm und Unwetter schützende Herberge der Freundschaft erbauen: das Fundament gemeinsamer Erlebnisse fehlt. Diese Tatsache macht das Kreuz der Entheimateten besonders schwer, denn gerade die Dauer der Beziehungen verleiht dem groben Metall des Alltags einen güldenen Glanz, in dem sich Gegenwart, Vergangenheit und Zukunft spiegeln.

Je länger die Freundschaft währen soll, desto stärker müssen die geistig-seelischen erweckenden Kräfte beider Partner sein, gefeit gegen den hartnäkkig alles zersetzenden Staub des Alltags.

Ununterbrochenes Zusammensein ist in der Freundschaft nicht notwendig, lebt man aber lange voneinander getrennt, lebt man sich – auch wenn man Briefe wechselt – auseinander.

Verfremdung ... S. 129

Wie es im Jenseits sein wird, wissen wir nicht, aber in unserem qualbeladenen Dasein, in der Gebrechlichkeit unserer Existenz, in der Hölle, die manch einer schon hier durchzustehen hat, gibt es in irdischen Grenzen nur eine Erlösung – die Nähe eines geliebten Menschen. *S. 132*

Nur wer den Einzelnen wahrhaft liebt, liebt die Menschheit. Freundschaft ist geistige Bereicherung, die sich vom Persönlichen ins Überpersönliche, ins Internationale ausdehnt. *S. 132*

Wie hervorragend auch eine einzelne Persönlichkeit sein mag, einer allein kann weder den Saatkorb tragen noch den Gedankenreichtum in die Welt ausstreuen. Selbst der stärkste unter den schöpferischen Menschen benötigt einen Freund, eine Frau, eine Schwester, einen Bruder, einen Schüler, einen Erben, um unter der zwiefachen Last von Schwäche und Reichtum nicht zusammenzubrechen und um in die ihn umgebende Mauer der Gleichgültigkeit eine Bresche zu schlagen. *Welteinheit ... S. 128*

Wie alles Menschliche, so ist auch die Freundschaft ohne Tragik undenkbar, und zwar aus zwei

Gründen: Der Mensch ist dem Menschen intransparent, und in seiner Ganzheit erschauen wir den anderen – wenn überhaupt – erst nach seinem Tode. Auch ist der Mensch wie alles Irdische vergänglich. In einer Stunde, da wir den Freund am meisten brauchen, kann ihn uns der Tod – oder auch eine irdische Macht – entreißen. *Verfremdung ... S. 127*

Si me amas – Wenn du mich liebst

„Hast du mich lieb?", das ist die Urfrage alles Menschseins. Wer sie nicht stellt, und sei es auch mit geschlossenen Lippen, wer darauf keine bejahende Antwort erhält, ist dem Menschsein fern, hat das Menschsein in irdischen Grenzen nicht erfüllt. „Hast du mich lieb?", diese urzeitliche Frage ist älter als das Christentum. Bei archäologischen Ausgrabungen in Badenweiler fand man im Römerbad ein kleines Schmuckstück in Form eines Schlüssels mit der Aufschrift: „Si me amas" – wenn du mich liebst. Dieser Schlüssel, der uralte Zeiten mit dem Evangelium und mit unserer Gegenwart verbindet, ist so alt wie das menschliche Herz, so alt wie die ganze Kulturgeschichte, zu der wir erst durch diesen Schlüssel Zugang gewinnen.

Abenteuer des Menschseins S. 403

Wunder geschehen heute wie je, nur muß man es wagen, zu glauben und in demütiger Geduld sich der heilig-heilenden Kraft öffnen. Ist nicht das vollendet schöne Gesicht einer Stiefmütterchenblüte ein Wunder, ebenso wie das Werden und Wachsen eines Kindes, der schöpferische Geist eines Genies und die mit technischen Mitteln nicht herstellbare Stradivarigeige? Und ist nicht das Auge des Menschen ein Wunder, der Spiegel seiner physischen Gebrechen, seiner Seele und des Weltalls?

Doch das größte Wunder ist und bleibt die unverbitterte, unermüdlich mitleidende Liebe.

Um des Menschen willen S. 198

Mystik der Liebe

Liebe ist gesteigertes Leben.

Ohne Liebe bleiben wir an der Oberfläche der Dinge.

Den substantiellen Wert eines Menschen entscheidet seine Fähigkeit zu lieben.

Über Liebe und Tod S. 7

Das Kennzeichen unseres Planeten ist Polarität, nur in der Wechselwirkung von Mann und Weib, Leben und Tod, Tag und Nacht erfüllt sich das Gesetz unserer Erde. *S. 11*

Unzerstörbar ist die im Plane Gottes vorgesehene Magie der geschlechtlichen Anziehungskraft. Mit ihrem Versagen stürbe alles Leben auf unserem Planeten aus. Was aber aus dieser geheimnisvollen, unausrottbaren Magie gemacht wird, hängt vom Einzelnen ab. *S. 15*

Liebe keimt und reift, wo das Ich die sternenlosen Nächte des Du miterlebt, seine Unzulänglichkeiten, seine Gebrechlichkeit kennt und sich trotzdem zu ihm neigt und bei ihm ausharrt.

Wer alle Gründe aufzählen kann, warum er jemand liebt, liebt überhaupt nicht. *S. 35*

Mit einem Teil seines Wesens kann man sich für einen Menschen interessieren; ein Du lieben kann man nur mit dem ganzen ungeteilten Ich. *S. 37*

Mit der Liebe ist es wie mit einem Talent: man kann es verkümmern lassen, tottreten, man kann es pflegen, entwickeln, steigern; fehlt aber die Gnade, ist alle Mühe, alle Willenstat vergebens. Alles durch Gewalt Erzwungene geht zugrunde, alles durch Liebe Erschaffene lebt ewig. *S. 38*

Man kann in unserer chaotischen Zeit Vernunft nicht hoch genug preisen; in den Problemen des praktischen Lebens hat sie immer recht, aber für die letzten Fragen, die Fragen von Liebe und Tod, reicht sie nicht aus.

Wie Gott mit dem Verstande weder beweisbar noch widerlegbar ist, so auch die Liebe. *S. 40*

Dem Menschen sind drei Möglichkeiten gegeben, sein Leben auf sinnvolle Weise zu erfüllen: schöpferische Hingabe an ein Werk, an einen Menschen, an Gott. *S. 44*

Aus Liebe sind Welten erbaut. Sie ist Urform und Prüfstein aller großen Kunst, auch der größten – des Lebens. *S. 45*

Die Liebe zu einem Menschen ist viel mehr als die Hochschätzung der von ihm verwirklichten Werte. Der prüfende Blick erkennt die empirische Persönlichkeit mit ihren Gaben und vielfachen Verfehlungen, sozusagen die Schale; der liebende Blick erschaut den verhüllten Kern. *S. 48*

Wahre Liebe ist nicht ein berauschender, verfliegender Duft, sie ist ein unauslöschliches, selbst durch den Tod nicht zu vernichtendes Siegel. *S. 50*

Der heile, weltoffene Mensch wird zweimal geboren, einmal durch seine Mutter, das andere Mal durch das geliebte Du. Wer nicht geliebt hat, ist kein Ich, sondern ein Neutrum, ein Man, das niemandem gegenüber Verantwortung hat. *S. 31*

Unser Planet hat nicht sein eigenes Licht; auch irdische Wesen haben kein solches. Was für die Erde die Sonne, das ist für das Herz der Frau die Liebe des Mannes. *Sieben Gäste S. 34*

Die reinsten Freuden des menschlichen Lebens – Musik, Dichtkunst, Malerei, Natur – werden durch das Zusammensein mit dem geliebten Du zu kosmischer Schönheit gesteigert. *Über Liebe und Tod S. 49*

Die Liebe ist nicht ein immer gleichbleibender Edelstein, sie ist ein Fluß, der entweder zu einem Strom anschwillt oder im Sumpf versickert.

Sieben Gäste S. 48

Auch im tiefsten Nahsein spürt man, daß Liebe und Freundschaft darin bestehen, daß „zwei Einsamkeiten einander schützen, grenzen und grüßen".

Mosaik . . . S. 129

Liebe ist höchste Magie, wenn Freundschaft sie verklärt, durchleuchtet und gefestigt hat.

Bei allen Erlebnissen fragt man: Warum? Weshalb? Was hat es für einen Sinn? Einzig in der Liebe verstummen alle Fragen. Liebe ist Andacht und Sehnsucht nach Unsterblichkeit.

S. 148

Durch opferbereite Liebe kann auch der Geringste zum Ganzen sich erheben, denn der Liebende findet den rechten Weg. Und die menschliche Liebe ist nur eine Vorstufe der unendlichen Liebe, die über ihren Gegenstand hinausleuchtet und sich mit dem ewigen Licht vereinigt.

Um des Menschen willen S. 7

Nur wenige Menschen kennen die gewaltige Sonne der Liebe; die meisten begnügen sich mit dem leblos blendenden oder trüben Widerschein, den die untergehende Sonne in den Fensterscheiben zurückläßt.

Die wahre Liebe liegt jenseits des Nützlichen, in ihr spricht das Letzte, das Ureigentlichste des Menschen. Liebe ist Heilung und Wunde, Heimkehr und Abschiedsweh. Liebe heißt, sich gegenseitig die letzte Einsamkeit abnehmen.

Sie ist gesteigertes Leben, und Mitleben heißt Mitleiden, die Wünsche, Sehnsüchte und Bedrängnisse des anderen als seine eigenen fühlen und dennoch das eigene Ich in seiner Einmaligkeit bewahren. *S. 95*

Eine glückliche Ehe ist nicht die Erfüllung aller Wünsche – dies ist auf Erden weder in der Ehe noch in der Freundschaft möglich, sondern das Zueinanderhalten, auch wenn man auf lang gehegte Wünsche verzichten muß und in finsterer Kälte fröstelt.

Über Liebe und Tod S. 60

Die schlimmste Sünde ist die Unehrlichkeit in der Liebe. *Birkenborke – Benjamin S. 160*

Das Eiswasser der Unwahrheit verlöscht die Glut der Liebe. Mit Sünden hat man Erbarmen, mit Schwäche Mitleid, für Versagen Verständnis, aber Unwahrheit stößt ab, macht die Wand zwischen dem Ich und Du unübersteigbar.

Über Liebe und Tod S. 63

Jede Liebe, ganz gleich, ob es eine glückliche oder unglückliche ist, bereichert.

Auch in unserer Inferno-Zeit geschehen Wunder, wo reine Herzen sich in dienender Liebe verschenken.

Vielleicht leben wir nur insoweit, als wir lieben, und nur durch die Menschen, die wir lieben.

Mosaik ... S. 66

Ich habe beobachtet, daß es leichter ist, aus Entfernung zu lieben, als im täglichen Zusammensein die Kerze der Liebe vor dem Stickstoff des Alltags zu bewahren. *Welteinheit ... S. 41*

Eine Ehe ist etwas so intim Persönliches, daß ein Außenstehender nie feststellen wird, ob der seidene Faden der Zweisamkeit sich als leicht zerreißbar oder ewig verbindend erweist. S. 74

Die Liebe erlöst aus dem stummen Alleinsein, in das das Ich hineingeboren wird.

Über Liebe und Tod S. 47

Liebe ist Lebenserfüllung, wenn Freundschaft sie durchleuchtet, wenn das Gefühl der Zugehörigkeit so stark ist, daß es das Eigentliche, das Wesentliche am Menschen herausliebt, wie man aus einer spröden Schale den süßen Kern einer Nuß herausschält.

Verfremdung ... S. 125

Unerwiderte Liebe ist ein Fluch, aber eine verschwiegene, nie ausgesprochene, ungestillte Liebe ist ein unverlierbarer, unterirdischer Schatz.

Denn das Wagnis ... S. 303

Ob man eine Frau, ein Kind, einen Mann liebt, Liebe bereichert, weitet die Innenwelt, bis über die irdischen Grenzen hinaus. *Jahre der Befreiung* S. 265

Frauen, die nicht geliebt haben oder nicht geliebt worden sind (das erstere ist wichtiger), neigen zur Gleichgültigkeit, die sich bei einem gewissen Kältegrad zum Laster steigert. *Mein Lied* ... S. 101

Das Schwerste in der Liebe – dem geliebten Menschen absolute Freiheit zuzugestehen.
Nord- und südliches Gelände S. 295

Auch zwischen wahrhaft Liebenden erhebt sich je und je eine Eiswand. Ist das Herz erloschen, kann diese Wand nicht schmelzen.
Jahre der Befreiung S. 53

Liebe öffnet den Weltsinn, Verliebtsein verengt das Bewußtsein. Wer wahrhaft liebt, versteht alle, wer verliebt ist, kann niemanden verstehen, weil er niemanden sieht als sich selbst. S. 295

Wer eine Liebe, und sei es auch eine gestorbene, schmäht, erniedrigt sich selbst. *Mosaik* ... S. 69

Wahre, tatstarke Liebe zum Mitmenschen ist ohne das Verwurzeltsein in einer Überwelt unvorstellbar. *Jahre der Befreiung* S. 13

In der Liebe ist alles selbstverständlich. Nimmt

man aber die Liebe als selbstverständlich, tötet man sie. *Mein Lied . . . S. 322*

Die Beziehungen von Mensch zu Mensch sind weder vollkommen noch ewig. Doch das menschliche Herz begehrt Vollkommenheit und Ewigkeit. Seine Kleinodien will es nicht nur bis zum Grabe bewahren, es will sie noch bis ins Jenseits hinübernehmen. Wenn es in den Gefilden der Seligen nicht möglich ist, die auf Erden begonnene Freundschaft und Liebe weiterzuleben, dann sind die Gefilde der Seligen für das menschliche Herz sternenlos.

Gestalten . . . S. 125

Vielleicht ist der Mensch ein Wesen, das die Schönheit der Zweisamkeit nur eine kurze Spanne Zeit zu ertragen vermag? Ist es die individuelle Schuld des Menschen, daß die schönsten gegenseitigen Beziehungen nur ein Regenbogen sind, der im Grau des Alltags aufleuchtet, berückt und verschwindet? Ist es ein unabwendbares Naturgesetz, daß das Schöne ephemer ist? Vielleicht hat Sophokles recht mit seinem Ausspruch: „Nichts Großes wird dem Menschen geschenkt, das nicht ein Fluch begleitet". *S. 126*

Christliche Liebe

Die Liebe als höchsten Ausdruck persönlichen Erlebens hat das Christentum, dessen Wesen auf einer personalen Seins- und Wertordnung beruht, der Menschheit geschenkt. Der unwiederholbare Wert der Einzelseele steht im Zentrum der Lehre Christi. Nicht die gesichtslose Öffentlichkeit hat er angesprochen, sondern Maria, Martha, den Hauptmann zu Kapharnaum, den Jüngling zu Naim, die große Sünderin, die Tochter des Jairus, den Mondsüchtigen, den Einzelmenschen hat er aufgerufen, gesegnet, geheilt. *Über Liebe und Tod* S. 32

In dem Maße, wie das Ich sich durch das Du zum eigenen Selbst und ewigen Licht wandelt, wie das Ich das Kreuz des Du hellsichtig erschaut und mitträgt, erfüllt sich das Mysterium der Liebe. S. 36

In seinen geistvoll dunklen Schriften sieht Franz Xaver von Baader den Ichbezug auf dreierlei Weise: im Akte des Gewissens (in ihm weiß sich das Ich von einem anderen gewußt); im Akte des Betens (in ihm vollzieht sich der Dialog zwischen Ich und Gott); und im Akte der Liebe. Die Einswerdung mit Gott, die Fähigkeit, das Transzendente durch Abkehr von der Sinnenwelt und Versenkung in das eigene Innere zu erfassen, das Aufgehen des Ichbewußtseins in Gott, die unio mystica, führt uns zum Geheimnis der Liebe. S. 43

Den Kern der Persönlichkeit entdeckt der sich liebevoll vertiefende Blick. Um über die Bestandteile und die Verwendbarkeit eines Steins zu urteilen, genügen Kenntnisse und Aufmerksamkeit; um ein

Du zu erfassen, bedarf es zweier Dinge, die heute selten vereint anzutreffen sind: der Hingabe und des Wagnisses. Weder eine Person noch weniger eine Persönlichkeit kann man restlos erkennen. Man kann sie nur erfühlen und das Erfühlte vernunftsmäßig formulieren. *S. 47*

Über Liebe und Tod

Neben der Liebe steht der Tod. Das ist der Sinn und Widersinn der Liebe. Der Tod ist der Kern alles Seienden, die unsichtbare Hauptfigur im Drama des Menschenlebens. Wie die Liebe, so ist auch der Tod unvertretbar.

Seit es Menschen gibt, ist die Tatsache, daß jemand weggeht, ohne wiederzukehren und ohne uns von dort, wohin er gegangen, Nachricht zu senden, das Grausige und Unerklärliche.

Ungeachtet aller Erkenntnisse indischer, griechischer, christlicher und anthroposophischer Philosophie, ist der Tod das Unfaßbare: ein Übergang aus einem uns bekannten Lande in ein vollkommen unbekanntes, von dem wir nur wissen, daß es ist, aber sonst auch nichts mehr. Und mitnehmen können wir nur die Liebe, nicht den geliebten Menschen. Für den Liebenden ist es unbegreiflich, daß das geliebte Wesen einen Weg geht, von dem es nie zurückkehrt, einen Weg, den beide gemeinsam nicht gehen können. *Über Liebe und Tod S. 133*

Eine der größten Grausamkeiten: daß Liebende nicht zu gleicher Zeit dieser Welt entrücken.

Der Gedanke, daß die Hand, die wir gestreichelt, die Augen, die wir geküßt, sich in anorganische Stoffe auflösen, ist seelenversengend, auch wenn wir glauben, daß der Tod für den Menschen die Rückkehr aus der veräußerlichenden Vielfalt der raumzeitlichen Welt zur verinnerlichten Einheit des Geistes bedeutet und man das Endgültige, Eigentliche eines Menschen erst nach seinem Tode erfaßt.

S. 134

Mit dem Glauben an die Einzigkeit der Person und Persönlichkeit beginnt die Mystik der Liebe, aber auch die Todesfurcht, die sich auf einer hohen geistigen Stufe in Todesehrfurcht verwandelt. *S. 134*

Kultur – oder Begegnungen

Man könnte die ganze Kulturgeschichte als eine Reihe von Begegnungen zwischen Mensch und Gott und zwischen Mensch und Mensch darstellen. Keine einzige Kultur hat sich aus sich selbst, aus der Eigenart eines einzigen Volkes entwickelt.

Die Kultur Griechenlands ist ohne semitischen Einfluß und die Kultur Kretas undenkbar. Die Durchdringung von Okzident und Orient ergab zur Zeit Alexanders des Großen den Hellenismus: die orientalischen Völker bis zum Indus wurden von griechischem Geist und griechischer Kultur erfüllt, wie auf der anderen Seite das Eindringen orientalischer Vorstellungen und Anschauungen die griechische Wissenschaft und Philosophie beeinflußt hat. Segensreich war die Begegnung der Etrusker mit den Griechen, der Römer mit den Germanen.

Auf der Schwelle ... S. 11

Kultur besitzt, wer das Fremde mit dem Herzen versteht.

Kultur hat, wer mit Shakespeare englisch, mit Pascal französisch, mit Dante italienisch, mit Dostojewskij russisch, mit Goethe deutsch ist und dennoch sein eigenes Selbst, die Urverbundenheit mit seinem Volk nicht verliert.

Nicht, wer alles Fremde, alles Ausländische wahllos bewundert und es sich kritiklos aneignet, auch nicht der, der in Selbstdünkel und selbstgefälliger Harthörigkeit alles Fremde von sich weist oder blind daran vorübergeht, sondern wer aufmerksam beobachtet, vergleicht und wertet und schließlich nur das sich aneignet, was seine Eigenart steigert, läutert und ergänzt, besitzt Kultur. *Mosaik ... S. 165*

Unser Kulturkreis ist an etwas angeschlossen, das ewig ist. Durch die Wechselwirkung von Vernunft und Gefühl, Geist und Körper, durch das Ineinanderfließen männlicher und weiblicher Uranfänge, irdischer und überirdischer Kräfte, durch einen freien Kulturaustausch aller Völker die Durchdringung der menschlichen Beziehungen untereinander, kann Melancholie, Entfremdung und Angst, unter der der denkende Mensch heute in allen Ländern leidet, überwunden werden.

Auf der Schwelle ... S. 183

Kultur wurzelt im Bewußtsein, daß es Dinge gibt, die nicht nützlich und dennoch unentbehrlich sind. Wird nur das Nützliche gepflegt und gefördert, so wird der Grundstein der Kultur ausgehöhlt.

Eine griechische Vase bewahrt man über Jahrtausende behutsam auf, obwohl sie zum Suppekochen nicht taugt, und ein Freiheitsdenkmal ist unantastbar, auch wenn es an Baumaterial für Wohnhäuser mangelt.

Die Natur verteilt ihre Gaben ungerecht; der Sinn der Kultur ist es, daß die von der Natur weniger reich Beschenkten die kostbaren Gaben der Bevorzugten und Begnadeten schützen und schirmen. Helden schenkt uns die Natur, Heldenverehrung ist die Aufgabe des ehrfürchtigen Menschen.

Will man das kulturelle Niveau einer Gesellschaft oder eines Menschen feststellen, so genügt es, nachzuforschen, wie er sich zu alten Menschen verhält.

Mosaik ... S. 17

Gäbe es in der Welt nur das Böse, wären alle Kathedralen in Schutt und Staub zerfallen, die aus Stein errichteten ebenso wie jene, die der Mensch in seinem Inneren trägt – die Welt hätte sich schon längst zerfleischt.

Gäbe es nur Güte in der Welt, so wäre die ganze Welt zur Gralsburg geworden. Das Licht unseres Planeten entsteht aus der Auseinandersetzung des Guten mit dem Bösen.

Es scheint fast, als walte ein höheres Gesetz, das gerade in Zeiten größter Grausamkeit auch die Verkünder der Menschlichkeit erstehen läßt. *S. 35*

Nur dort verwirklicht sich wahre Kultur, wo es neben den Heroen verehrende, verstehende Geister gibt. Erst durch Wechselwirkung wird das Größte geschaffen. Das wußte Goethe am besten. Kurz vor seinem Tode, am 17. Februar 1832, sagte er zu Eckermann: „Ich verdanke meine Werke keineswegs meiner eigenen Weisheit allein, sondern Tausenden von Dingen und Personen außer mir, die mir dazu das Material boten ... ich hatte weiter nichts zu tun, als zuzugreifen und das zu ernten, was andere für mich gesät hatten." *S. 147*

Der Kulturmensch nimmt von seiner Umgebung jeweils nur so viel an, als er wiedergeben kann, und empfindet für das Empfangene tiefe Dankbarkeit. In diesem Sinne ist Kultur Verpflichtung zu Dank und Wechselwirkung. Auch allein und in der Abgeschiedenheit verhält sich der Kulturmensch, als befände er sich in auserlesener Gesellschaft. *S. 165*

Im Wagnis liegt der Anfang der Kultur. Denn

Kultur ist Empörung gegen die augenlose, stumpfe, an die Erde gedrückte Materie, ein Überlegenheitsgefühl, Befreiung aus der Dumpfheit und dem schattenhaften Dasein, Mitleid, auch wenn man ein solches selbst nicht empfängt.

Um des Menschen willen S. 18

Der faulige Atem des Materialismus, die blinde Erwerbssucht, der Ungeist verpesten die Luft, und der Weltraumflug macht sie nicht reiner, aber er veranlaßt uns, die Erde als ein unteilbares Ganzes aufzufassen. *Welteinheit . . . S. 10*

Fruchttragende Wechselwirkung der Kulturen ist nur auf der Ebene der gegenseitigen Sympathie möglich, nur in der Atmosphäre des Wohlwollens und der Freiheit; nur in einem Raum, der den Blick ins Weite nicht verschließt und in dem es keine versteckten dunklen Winkel gibt, kann es zur vollen Entfaltung der schöpferischen Kräfte kommen. *S. 11*

Im komplizierten Wurzelwerk der europäischen Kultur sind vier Stränge zu unterscheiden.

Von den Griechen stammt der Rationalismus, der Glaube an die Allmacht der Vernunft, an das Schöne als absoluten Wert; von Rom die Staatsverfassung, die Grundlagen des Rechtsbewußtseins, die Persönlichkeitsformung durch den Willen. Von Palästina kam das aus dem Judentum erwachsene Christentum, die Betonung der Nächstenliebe und Gottesliebe und die der Antike unbegreifliche Einsicht, daß vor Gott Kaiser und Sklave gleich sind; aus Indien endlich der Glaube an die Verankerung der gesamten Menschheit im göttlichen Urgrund, der Einheitsgedanke. *S. 31*

Die Fortschritte in der europäischen Wissenschaft, Technik und sozialen Ordnung sind gewaltig; skeptischer werden wir, wenn es um die Kunst geht, und gar niedergedrückt, wenn man den Stand der gegenwärtigen Moral festzustellen hat. Zur Tätigkeit der Vernunft gehört auch die Zerstörung des Geheimnisses; aber die Götter lieben das Geheimnis, heißt es in Indien. Und aus der modernen Psychologie wissen wir, daß die wichtigsten Vorgänge in unserem Inneren nicht rationaler Art sind. *S. 32*

Den Sieg des Geistes über den Körper, den Sieg des Guten über das Böse, des Innerlichen über das Äußere, des Schönen über das Häßliche nennen wir Kultur.

Sobald in diesem Kampf die Front durchbrochen wird, geschehen unbeschreibliche Bestialitäten.

Mosaik . . . S. 164

Der Kulturmensch versucht im übermächtigen Schmerz durch geistige Hochspannung und schöpferische Arbeit, durch ein Gefühl der Verbundenheit mit der ganzen Menschheit sich vor dem Zusammenbruch zu retten. Ein Höchstmaß an Selbstdisziplin ist seine Tugend. *S. 165*

Die ewige Sprache der Kunst

Jedes Kunstwerk ist ein Hinabsteigen ins eigene Innere, ist Selbstbekenntnis und Selbsterkenntnis.

Je tiefer die Leidenschaft, desto tiefer das geschaffene Kunstwerk. *Jahre der Befreiung* S. 33

In der Kunst verlassen wir das Ichgefängnis und kehren in die universelle Einheit zurück; daher weckt alle große Kunst, auch die tragische, erhabene und reine Freude. *Mosaik . . .* S. 82

Für die großen und erhabenen Dinge der Menschheit gibt es eine allgemeine, ewige Sprache – die der Kunst. S. 133

Drei Dinge sind es, die die Weiterentwicklung eines Künstlers bedrohen: Selbstzufriedenheit, Resignation und Verbitterung. *Verfremdung . . .* S. 86

Die Kunst ist ein Mikroskop, das neue Lebensfreuden verleiht. *Nord- und südliches Gelände* S. 118

Sinn der schöpferischen Impulse – das Erlangen einer neuen Lebensstufe. Schöpfertum als Antwort auf Gottes Frage. S. 129

Das wichtigste ist innere Seelentätigkeit.
Insoweit Kunst diese zum Ausdruck bringt, ist sie

der entscheidende Bestandteil menschlichen Lebens. *S. 267*

Wie aus der Kohle der Diamant, so wächst aus dem schwarzen Gestein des Schmerzes der Lichtberg der Kunst durch eine in Millionen Minuten gestaute Kraft des Ausharrens.

Internationalismus ist der Tod aller Kunst, die das Wesenhafte und Werthafte eines Volkes zum Ausdruck bringt und eine übergreifende Einheit in der Mannigfaltigkeit schafft. *Welteinheit . . . S. 145*

Dichtung – gesteigertes Leben

Dichtung ist nicht Leben aus zweiter Hand, kein Ersatzartikel. Dichtung ist gesteigertes Leben und der Dichter mit seinen Tugenden und Lastern ein gesteigerter Mensch.

Die Aufgabe des Dichters . . . S. 15

Der Dichter ist gleichsam ein Laternenanzünder, der Licht dorthin bringt, wo kein Licht war. Er tritt in einen dunklen Raum, und alle Dinge werden sichtbar, auch die im Innern des Lesers verborgenen und unbegreiflichen. Noch nach dem Tode spricht er für die Lebenden, Begrabenen und Verschollenen. *S. 21*

Seinem Wesen nach ist der Dichter ein Adam. Er

geht durch die Welt, als sei sie soeben erst erschaffen, und die Benennung der Dinge enthebt diese der Anonymität. *S. 20/21*

Der Dichter ist ein von Visionen heimgesuchter, von Dämonen verfolgter Mensch, der unter einem vernunftmäßig unerklärlichen Zwang schreibt. *S. 36*

Auch Kunst ist ein Kampf, und der Dichter ein Ritter, der im ewigen Kreuzzug gegen den Teufel kämpft, gegen die Bosheit, für die Erlösung des Geistes. *Porträts . . . S. 243*

Je schöpferischer ein Mensch ist, desto stärker sind die in ihm wirksamen dämonischen Kräfte, und eine produktive Natur ist nicht nur jener, der Gedichte schreibt und Bilder malt, sondern jeder, für den Leben und Tätigkeit, sei diese praktischer oder geistiger Art, ein zum Kunstwerk zu meißelnder Granitblock ist. *Die Aufgabe des Dichters . . . S. 40*

Als gesteigerter Mensch ist der Dichter von der Not seiner Mitmenschen tiefer ergriffen als die anderen, und berichtet er von der eigenen, so erkennen sich in ihr Tausende und Abertausende. *S. 97*

Dichter sein heißt, das Wagnis der Freiheit und der Einsamkeit auf sich zu nehmen, auch ohne Aussicht auf Erfolg. *S. 104*

Die Aufgabe des Dichters ist es, auf dieser immer kleiner und größer werdenden, immer mehr erkaltenden Erde den Menschen zu suchen, die entmenschlichte Welt zu vermenschlichen.

Das Geheimnis der Sprache

Unerschöpflich ist das Geheimnis der Sprache. Ein und denselben Satz kann man auf zehnfache Weise sagen, aber nur eine Form ist die richtige, nur eine entspricht dem Gedanken des Verfassers.

Jahre der Befreiung S. 374

Die Erde, aus der der Dichter Kraft zieht, ist die Sprache. Sie allein sammelt und bewahrt die Gedanken, versinnbildlicht den Unterschied zwischen Mensch und Tier, aber nur die Sprache, in der man von Kindheit auf gebetet und gesprochen hat.

Nord- und südliches Gelände S. 291

Je höher die Stufe ist, auf der der Einzelne steht, desto reicher ist seine Wortorchestrierung, desto markanter und sensibler ist seine Sprache, desto mehr ist sie vom Signum seiner Persönlichkeit geprägt. Wo die Sprache zum bloßen Verständigungsmittel wird, ist der Geistmensch gestorben.

Die Aufgabe des Dichters . . . S. 71

Es ist für mich noch immer eines der wundersamsten Rätsel, daß man aus 26 Buchstaben des Alphabetes Tod und Leben zusammensetzen kann.

Mein Lied . . . S. 39

Das Unheimliche der Sprache und das Janusgesicht des Wortes. *Auf der Schwelle . . . S. 23*

Gelebtes Leben

Von sinnvoller Arbeit

Glück ist – in schöpferischer Arbeit sich verströmen, im Einklang mit der inneren Veranlagung leben. *Jahre der Befreiung S. 67*

Eine strenge Lebensordnung selbst unter den schwersten Lebensumständen rettet den Menschen vor dem inneren Zusammenbruch.

Nichts verbindet die Menschen untereinander mit so starken und reinen Banden, wie freiwillig gewählte, sinnvolle Arbeit, in der das Persönliche dem Überpersönlichen untergeordnet wird.

Denn das Wagnis ... S. 178

Ein dritter Weg zur Überwindung des Schmerzes ist die Arbeit. Wenn das Bewußtsein der Schicksalsgemeinschaft wie auch der Gedanke an die Vergänglichkeit aller Dinge nur den geistig Hochstehenden zu trösten vermag, dann ist die Arbeit in gleicher Weise für den Durchschnittsmenschen wie für den Ausnahmemenschen der beste Trost gegen Trübsal und Kummer.

Arbeit gestattet nicht ein Sich-Hineinbohren in den Schmerz, Arbeit ist der beste Zeitvertilger, und im Schmerz meint man ja, die Zeit stehe stille.

Vor allem ist es die schöpferische Arbeit, die über das Elend hinweghilft. Sie ist die größte Erlöserin von aller irdischen Pein. *Mosaik . . . S. 78*

In unserer materiell übersättigten, geistig unterernährten Zeit führt über den Sumpf der Melancholie, die uns alle je und je befällt, ein Steg; das harte Gestein des Schmerzes durchbricht ein Tunnel und über den reißenden Strom der Verzweiflung läßt sich eine Brücke bauen – das ist die Arbeit. Wer den alttestamentlichen Fluch der Arbeit in Segen verwandelt, ist gerettet. *Die Langeweile . . . S. 47*

Jeder sollte außer der Arbeit, die er leistet, um zu existieren, Zeit und Sinn für etwas erübrigen, was das Herz und Gott erfreut. *S. 49*

Nicht nur schöpferische Arbeit befreit, jede systematische, pflichttreue, opferfreudige Arbeit ist das beste Heilmittel gegen Schwermut und Kummer, gegen den Dämon der Hypochondrie. So lange wir das Bewußtsein haben, daß irgendwo ein Mensch die Ausstrahlungen unseres Geistes, die Geschicklichkeit unserer Hände nötig hat, sollten wir nie verzweifeln. Endlos ist die Nacht des Leids; doch wer in der Dunkelstunde seines Mitmenschen auch nur eine Kerze entzündet hat, hat nicht umsonst gelebt.

Wenn wir in diesem Jammertal Freude empfinden wollen, dann werden wir sie am sichersten in der Arbeit finden, die Gott und Mensch vereint. Dies ist ein spezifisch lettischer Gedanke ... *Mosaik ... S. 79*

Es gibt keinen lettischen Dichter, der nicht das Hohe Lied der Arbeit gesungen hätte; doch mit welcher Verachtung spricht einer der französischen Schriftsteller, Stendhal, von der Arbeit, die für ihn mit einem widerwärtigen Schweißgeruch verbunden ist. *S. 80*

Der Drang, das Leben erkennend zu gestalten, im Verschenken Widerhall zu wecken, Dunkelheit in Licht zu wandeln, ist unabweisbar.

Mein Lied ... S. 223

Arbeit ist fraglos Daseinsverankerung, damit sie aber ein Heilweg sei, Wachstum und Wachsein bedinge, muß man ihr gegenüber uneingeschränkte Souveränität bewahren, zu ihr Abstand haben, d. h. fähig sein, sie zu unterbrechen, wenn unsere innere Stimme sich im Rhythmus des Kosmos bewegt. Der Auf- und Niedergang der Sonne läßt sich durch unsere Hetzorgien weder verlangsamen noch beschleunigen. *Die Langeweile ... S. 49*

Bewältigung des Alltags

Groß ist der Segen der frühen Morgenstunde. Stillesein – den Gedankenbildern entgegenwachsen, sich für den Alltag läutern, vom Traum sich lösen und ihn in den Tag hineinnehmen.

Die stille Stunde am Morgen ist die Nährstunde für den ganzen Tag, die stille Stunde am Abend öffnet Freund Morpheus die Tür. Stillesein und lauschen, wie die Zeit läuft, ohne mitzulaufen.

Abenteuer des Menschseins S. 115

Auch wenn ich abends spät schlafen gehe, kann ich pünktlich zur gewollten, von mir selbst bestimmten Stunde aufwachen, ich brauche nur die Uhrzeit auf mein Kopfkissen zu schreiben. Einen Wecker mag ich nicht. Schon seine Nähe zerstört meinen Schlaf. Aber um meine Arbeit zu leisten, um an all die Beschwernisse nicht zu denken, benötige ich einen mathematisch eingeteilten Tagesablauf. Der starke heiße Tee am Morgen ist ebenso notwendig wie das schweigende Alleinsein und das Gebet.

S. 386

Täglich lege ich eine neue Rüstung an. Die Stücke dieser Rüstung heißen: Gleichmut, Beherrschung, Nachsicht, Geduld, vor allem Geduld in allen Formen. *Jahre der Befreiung S. 297*

Mein Ziel: die Welt annehmen, wie sie ist, sich restlos verströmen, bejahen, segnen; wo das nicht möglich ist, vorbeigehen, wie Vergil dies Dante lehrte.

Nichts aufschieben, nichts versäumen, Bewußtseinserhellung, Verwirklichung erkämpfter Erkenntnisse. Die höchste Freude ist und bleibt die schöpferische, das wußten schon die alten Inder – Ananda. *Abenteuer des Menschseins S. 112*

Das Zurückdrängen schöpferischer Triebe tötet die Lebensenergie. Mit der Möglichkeit, die eigenen Fähigkeiten zu entfalten, wächst die Kraft der Überwindung aller Krankheiten und Mißstände.

Nord- und südliches Gelände S. 52

Das entscheidende Wort meiner Jugend war Kairos, das glühende Jetzt; heute halte ich mich an den Ausspruch des Papstes Johannes XXIII.: Aggiornamento – gerecht werden den jeweiligen Anforderungen, geistige Elastizität, Verpflichtung zum universalen Dialog. *S. 7*

Befreiung gewinnt man nicht durch gewalttätige Askese, sondern durch Verwirklichung innerer Möglichkeiten. *Jahre der Befreiung S. 7*

Ich glaube wieder an die kleinen Freuden des Alltags und an die großen Wunder der Begegnung und Genesung. Unendlich mühsam ist es, den Garten des Lebens rein von Schädlingen des Neids, der Lüge und Heuchelei zu halten, doch schön ist es, ihn zu bebauen, auch wenn er nicht größer ist als die Blumenkisten auf meinem Balkon.

Die weite Fahrt S. 17

Einsamkeit

Je einsamer man ist, desto leidenschaftlicher die Sehnsucht nach einem Verstehenden.

Jahre der Befreiung S. 365

Die Einsamen bedürfen am meisten der Liebe.

Nord- und südliches Gelände S. 136

Das ist eines der Urworte: kaum daß das bewußte Selbst erwacht, fürchtet es sich vor dem Alleinsein.

Auf der Schwelle ... S. 10

Solange der Mensch schöpferisch wirkt, ist die Einsamkeit lebendig und fruchtbar. Erlischt der göttliche Funke, so stürzt er in den Abgrund der Verlassenheit. Und die letzte Stufe der Verlassenheit führt in den antwortlosen Tod. Die letzte Grenze muß jeder allein überschreiten.

Um des Menschen willen S. 158

Einsamkeit ist die Vorbedingung zum Werk eines Genies. Nur in der Einsamkeit gelingt das Einmalige, das große Wagnis; doch Alleinsein bedingt auch das Unverhältnismäßige, das In-sich-Widerspruchsvolle, das den Schaffenden Zugrunderichtende. Dem von der Gemeinschaft Abgeschiedenen fehlt es an Maß und Mitte, fehlt der beruhigende Vergleich und der Widerhall, der alle scharfen Kanten abschleift und den Kern unverletzt und rein aus der Schale hebt. *Gestalten ... S. 91*

Im kontemplativen Alleinsein mit der Natur, im Gleichnis der Musik erahnt man Göttliches.

Mein Lied ... S. 57

Einsamkeit ist eines jener Gifte, das in kleinen Dosen heilsam wirkt, in großen tötet.

Jahre der Befreiung S. 17

Je weniger jemand in einer Überwelt, in Gott oder dem Kosmos wurzelt, je anthropozentrischer seine Einstellung ist, desto grausamer leidet er unter dem Alleinsein. *Verfremdung ... S. 35*

Die Einsamkeit des Dichters ist sein größtes Geschenk, aber auch sein größter Fluch.

Auf der Schwelle ... S. 25

Die Einsamen bedürfen am meisten der Liebe.

Nord- und südliches Gelände S. 136

Das, was der Zeit widersteht, schaffen die großen Künstler, und das Entgelt, das sie dafür empfangen, ist Einsamkeit.

Eines der stärksten Leitmotive in den Aufzeichnungen des Sylvester Perkons: „Die Dichter haben oft geschildert, daß die Menschen aus Liebe sterben, auch Musiker haben dieses Thema gestaltet. Doch man kann in der Tat auch aus Einsamkeit sterben, aus diesem physischen Weh im Herzen."

Jahre der Befreiung S. 405

Es gibt zwei Pole des Alleinseins: *Einsamkeit und Verlassenheit*. Versuchen wir diese beiden Pole zu unterscheiden und zu erkennen.

Selbstgefällige Einkapselung, weltverachtendes Eremitentum ist noch nicht Einsamkeit und egozentrisches Fürsichsein noch nicht Verlassenheit.

Einsamkeit ist selbstgewollte oder schicksalsbestimmte Absonderung, die sich schöpferisch auswirken kann.

Verlassenheit ist aufgezwungenes Alleinsein und wirkt verheerend. Je schöpferischer ein Mensch, desto einsamer. Die höchste Stufe der Einsamkeit erreicht das Genie. *Um des Menschen willen* S. 155

Der Mensch ist nicht ein Stein, der am Wegrand ruhend Erfüllung findet. Er ist und wird in einem anderen, in den Mitmenschen, im Werk, in Gott.

Alles lebendige Leben ist Bewegung und Wechselwirkung. Sind die menschlich-göttlichen Bande zerrissen, geht der Mensch zugrunde. S. 157

Jeder Mensch und besonders der Schaffende benötigt auf der geographischen Karte seines

Lebens Zonen der Einsamkeit, diese sind jedoch etwas ganz anderes als das Ausgestoßensein.

Die Aufgabe des Dichters . . . S. 143

Sinnerfülltes Leben

Erfülltes Leben besteht nicht im Jagen nach Genüssen, sondern in der Wechselwirkung zwischen Gegenwart und Ewigkeit.

Es gehört zum Wesen des Menschen, Natur und Übernatur zu sein. Menschliches und Göttliches lassen sich nicht ohne Schaden für das Menschliche trennen.

In seinem Selbst verharren, vor der Wahrheit die Augen schließen, ist für ein stumpfsinniges Wesen glückliche Idiotie, für den geistigen Menschen Wahnsinn, Hölle, aus der der Selbstmord ein Scheinausweg ist. *Auf der Schwelle . . . S. 183*

Der eine empfängt sein Leben als schöne Marmorschale, der andere als ein brüchiges Lehmgefäß, aber der Inhalt, den wir hineinlegen, hängt von uns ab. Menschliches Leben besteht im Unterschied zum tierischen im Erkennen, in der freien, durch Herz und Vernunft bestimmten Wahl, in der Entscheidung und Verantwortung.

Sinn des Lebens ist es, im Angesicht von Enttäuschung, Einsamkeit, Krankheit und Tod ein für das Du aufgeschlossenes Menschsein zu bewahren.

Ich glaube an den Menschen, denn nur er allein vermag das Nützliche wie das Unnützliche zu vollbringen, nur er allein ist der Sprache fähig, nur er allein besitzt die göttliche Gabe der Phantasie, die unerwartete Lösungen findet und eine neue Welt erschafft. *S. 186*

Wer sich selbst gefunden, wird auch den geheimen Sinn des Lebens entdecken. Lebenslängliche Bemühung, anders zu sein als man geschaffen wurde, ist Ursache von Unzufriedenheit und Unbehagen. Erkennung und Verwirklichung der eigenen Natur ohne Selbstgefälligkeit, das Sicheinsfühlen mit Gott ermöglicht das aus Endlichkeit und Unendlichkeit untrennbar verwobene Dasein wenn auch nicht zu erschöpfen, so doch heiteren Sinnes als ewiges Gleichnis zu gestalten.

Über Liebe und Tod S. 8

Wenn ich auch der Überzeugung bin, daß das, was unseren Willen in Bewegung setzt, nicht so sehr die Erkenntnisse unserer Vernunft, sondern unsere Gefühle, d. h. irrationale Kräfte sind, so fürchte ich doch das Chaos, das ohne die ordnende Macht der Vernunft entsteht. *Begegnung mit Elly Ney S. 10*

Ein sinnerfülltes Leben fängt dort an, wo man den Mut hat, das eigene Selbst in der schöpferischen

Arbeit wie im alltäglichen Sein zu leben. *S. 60*

Unser Leben weist Verflechtungen auf, die nur dem oberflächlichen Blick als Zufall erscheinen, aber bei tiefem Nachdenken sich als sinnbestimmtes Gefüge erweisen. *Verfremdung . . . S. 113*

Wenn scheinbar alle Wege durchwandert sind, findet der Ausharrende dennoch ein Pförtchen, durch das er ins Leben zurückkehren kann. Allerdings keine Paradetür, keine Ehrenpforte mit festlicher Aufschrift und Fähnchen, auch kein Marmorportal, sondern ein kleines niedriges Türchen, wo man beim Durchschreiten den Kopf neigen muß.

Im Zuge des Lebens S. 311

Die Brücke, die Himmel und Erde verbindet, der Regenbogen, ist das Symbol des Weges, den wir alle, den unfaßbaren Geheimnissen des Diesseits und Jenseits verbunden, wandern müssen. Doch schwerer als über einen reißenden Strom ist es, die Brücke des Verstehens von Mensch zu Mensch zu bauen. *Denn das Wagnis . . . S. 203*

Jeder von uns trägt in sich eine vielsaitige Harfe, und glücklich ist zu preisen, wessen Seelenharfe volltönig erklingt, ganz gleich, ob Freude oder Schmerz der Spieler war. Unglücklich ist zu nennen, dessen Harfe verstummt, ehe sie auch nur einmal mit allen Saiten geklungen hat. Nicht Schmerzlosigkeit ist unser Ziel, nicht Vorbereitung auf den Tod, sondern die Erfüllung unseres Wesens, eine möglichst vielgestaltige Auswirkung unserer Natur. *Mosaik ... S. 112*

Der Sinn des Menschseins besteht nicht in der Leugnung der Individualität, noch weniger in ihrer Übersteigerung, sondern in der Unterwerfung unter ein göttliches Gesetz.

Was das Individuum im Gemeinschaftsleben bedeutet, bedeutet ein Volk im Weltenraum. Sprach man früher von der Liebe und Verpflichtung dem Nächsten gegenüber, meinte man damit die eigene Familie, den Nachbarn, das eigene Volk; heute ist es der Mitmensch – unabhängig von sozialem Stand, Konfession und Rasse. Das Herz weitet sich zur Welt. Es gibt keine entscheidendere Erkenntnis als zu wissen, daß der Andere das gleiche Recht hat wie ich und du. *Welteinheit ... S. 144*

Lebensmeisterung

Lebensmeisterung besteht in der Beherrschung der Triebstruktur, der Unterseite unseres Lebens, im Sich-Einfügen in eine höhere Ordnung. Jeder Mensch ist eine Welt im kleinen, mit Himmel, Erde und Unterwelt, und Lebensmeisterung besteht in der Fähigkeit, die Unterwelt zu erhellen, Himmel und Erde in Einklang zu bringen.

Das Fertigwerden mit dem Leben ist an kein

religiöses Dogma oder philosophisches System gebunden; das, was uns im ununterbrochenen Kampf hilft, ist Geduld mit dem Mitmenschen und dem eigenen, widerspruchsvollen Ich.

Welteinheit . . . S. 151

Den Grundstein zur Lebensmeisterung holte ich mir bei Dostojewskij, der als Achtzehnjähriger eine Erkenntnis niederschrieb, die sich in allen seinen Werken ausprägt: „Der Mensch ist ein Geheimnis. Bist Du Dein Leben lang bemüht, es zu enträtseln, dann sage nie, daß Du es vergeudet hast. Ich beschäftige mich mit diesem, denn ich will ein Mensch sein.“ *S. 152*

Menschliche Größe äußert sich in der Ganzheit, im Zuendegehen, im Widerwillen gegen alles Halbe und Ungefähre. Es gibt unzählige Ritter für eine Stunde, noch mehr Minutenhelden, schnell aufflammende und verlöschende Streichholzfeuer der Begeisterung, brillante, laut knatternde Feuerwerknaturen, aber Lebensmeisterung beweist, wer in der Arbeit, sei sie klein oder groß, im Dienst einer Idee, in der Freundschaft, in der Ehe, in der Ausgestaltung seines Talents Beharrlichkeit, Ausdauer, Stetigkeit an den Tag legt, trotz Enttäuschung, trotz Widerständen innerer und äußerer Art, trotz Mißerfolgen, trotz körperlicher und seelischer Erschlaffung an dem einmal gesteckten Ziel festhält und jeden Morgen die Finsternis neu zu durchleuchten beginnt. *S. 169*

Sich im Gleichgewicht halten, das ist die schwerste aller Aufgaben. *Nord- und südl. Gelände S. 264*

Lebensmeisterung heißt Annehmen des Unabwendbaren. *Mein Lied . . . S. 189*

Wir alle sind Reisende im Zuge des Lebens, in den wir ohne nach unserem Wunsch gefragt zu werden, einsteigen, und aus dem wir unabhängig von unserem Wollen, aussteigen müssen, ohne die Kraft, die den Zug vorwärtstreibt, ergründet zu haben. Wir reisen bei Tag und Nacht, über Berg und Tal, ohne den Lokomotivführer persönlich zu kennen. Bisweilen rast er an schneegekrönten Gipfeln vorbei oder hält allzulange an kleinen, öden Stationen.

Im Zuge des Lebens S. 5

Nur von einem übergeordneten Gesichtspunkt läßt sich der Sinn unseres Lebens erkennen. *S. 127*

In der Schule des Lebens lernt man, daß es nicht nötig ist, alle Irrtümer zu berichtigen, und daß derjenige, der seine letzten Freunde nicht verlieren will, so manche Frage für sich behalten muß. *S. 294*

Zwölf Lebensregeln

Einige Regeln der geistigen Hygiene. Jeder zu Ende gedachte, ins Bewußtsein gehobene Gedanke formt unser Leben.

Eine neue Erkenntnis kann mehr als nur unser eigenes Sein verwandeln.

1. Baue

Das äußere Haus ist früher oder später fertig. Wer am inneren nicht ununterbrochen baut, wird von den einstürzenden Mauern begraben. Arbeit nicht als Fron, sondern als Selbsterfüllung.

2. Staune

Wo das Staunen aufhört, hört auch Liebe und Verstehen auf. Wehe denen, die blinden Herzens an der Schönheit der Welt und der Einmaligkeit des sich wandelnden Menschen vorbeigehen.

3. Vertraue

Mißtrauen zersägt die Lebenswurzeln, Vertrauen stärkt sie. Besser zehnmal enttäuscht werden, als dem Mitmenschen suspekt entgegentreten. Wenn in den gegenseitigen menschlichen Beziehungen das erste das Staunen ist, dann das höchste – das Vertrauen.

4. Erwarte von einem Apfelbaum keine Tannenzapfen und von einer Tanne keine Äpfel.

Der Hagel der Vorwürfe zerschlägt die Äpfel am Apfelbaum und die Zapfen an der Tanne. Die Eigenart des anderen erlauschen und ihm nicht unsere Eigenart aufzwingen.

5. Ehe du dich an einen Menschen bindest, frage dich, ob du seine Fehler ertragen wirst.

Mit den guten Eigenschaften kann jeder zusammenleben. Nur zu leicht vergessen wir, daß der andere ebenso unvollkommen ist wie wir selber.

6. Ehe du dich von einem Menschen trennst, sei der Stunde eingedenk, da du mit ihm am glücklichsten warst.

Es gibt Lichtaugenblicke, die das ganze Leben überstrahlen, Oasen, die den Durst langer gemeinsamer Wüstenwanderungen stillen.

Wer sie vergißt, war nicht wert, ihnen zu begegnen und wird sie nie wiederfinden.

7. Gestehe dem Du die ihm notwendige Einsamkeit zu. Trennungen sind notwendig, um das Nahsein zu erhalten.

8. Nicht zaudern und zagen, sondern handeln und wagen.

Die unangenehmen Dinge am Morgen verrichten, die angenehmen für den Abend aufsparen, auf daß der Vorschmerz kurz, die Vorfreude lang sei.

9. Laß eher den Körper als den Geist darben.

Die Seele ist eine wirkungsreichere Realität als der Körper. Ein Mensch im geistigen Gleichgewicht kann physisches Ungemach bis zu einem gewissen Grad überwinden; hat die Seele ihr Zentrum verloren, stürzt auch der stärkste Athlet.

10. Für den Tag sich rüsten, zur Nacht Vertrauen fassen. Beginne und beschließe den Tag mit einer Meditation. Wie du den Körper morgens und abends reinigst, so läutere auch deine Seele, auf daß ihr nicht ein schlechter Geruch entsteige. Achte auf die Diät der Seele. Schon in den Upanishads galt schlechte Lektüre als unverzeihliche Sünde.

11. Wisse dich immer als Werkzeug eines Höheren.

Im Käfig des Ichs erstickt man bald. Wer sich

freiwillig Gott unterwirft, freiwillig in den Dienst eines guten Menschen oder einer guten Sache stellt, wird sein Leben meistern.

12. Lebe so, als sei jeder Tag der erste und letzte.

Der Tod ist allgegenwärtig, darum entziehe nie eine Freude demjenigen, der sie von dir erwartet, und gewähre sie auch dem Fernstehenden, der sie nicht von dir zu erwarten wagt.

Wer die Freude vermehrt, dient Gott.

Lebensmeisterung ist unsere Aufgabe, Lebenserfüllung – Gnade.

Welteinheit . . . S. 181

Schönheit des Alters

Mit den Jahren wird das Leben nicht leichter, aber es kann größer und schöner werden.

Jahre der Befreiung S. 109

Alter kann Verkalkung und Seelenfäulnis sein, aber auch Reife, Licht und Leichtigkeit. *S. 129*

Im Alter muß man sich noch mehr anstrengen als in der Jugend, sonst ist man tot, ehe man gestorben ist. *Abenteuer des Menschseins S. 95*

Alter kann Zerfall sein, aber auch Erfüllung: durch den Druck der Zeit ist die Materie transparent geworden und die Seele schimmert durch sie hindurch. *Begegnung mit Elly Ney S. 34*

Je älter ich werde, desto öfter suche ich die Schöpfer der Freude auf, desto hartnäckiger versuche ich den Berg des Leids zu erklimmen, um eine helle Weitsicht zu haben. Trotz aller Schrecken spüre ich noch den Zauber der Erde und Freundschaft. *Die Marmortreppe S. 13*

Wandlung und Reife

Endgültige Antworten sind uns in den letzten Fragen verwehrt, aber Nachsinnen führt zur Vertiefung, zur Selbstfindung, bewahrt vor der Gefahr, unser Leben zur Kopie oder, was noch schlimmer ist, zum Plagiat zu machen.

Wer sich selbst gefunden, wird auch den geheimen Sinn des Lebens entdecken. Lebenslängliche Bemühung, anders zu sein, als man geschaffen wurde, ist Ursache von Unzufriedenheit und Unbehagen. Erkennung und Verwirklichung der eigenen Natur ohne Selbstgefälligkeit, das Sicheinsfühlen mit Gott ermöglicht das aus Endlichkeit und Unendlichkeit untrennbar verwobene Dasein wenn auch nicht zu erschöpfen, so doch heiteren Sinnes als ewiges Gleichnis zu gestalten.

Über Liebe und Tod S. 8

Umwandlungen vollziehen sich von der Wurzel her, durch Begegnungen, durch Erschütterungen, durch einschneidende Erlebnisse, durch harte

Arbeit, durch geistige Wechselwirkung, nie und nimmer aber durch Belehrungen, so gut gemeint und begründet sie auch sein mögen.

Verfremdung ... S. 111

Der innerlich Freie läßt sich weder von einem Mitmenschen noch von der Arbeit versklaven. Zwei Dinge entscheiden den gewählten Weg: das Gewissen und der Lichthunger.

Je größer die Erinnerungsfähigkeit, desto reicher, aber auch desto schwerer wird unser Leben. Der Erinnerungslose reist durchs Leben ohne Gepäck, er hat weder ein Festtagskleid noch einen Regenmantel.

Eintagsfliegen leben unbeschwert, ohne den Tiefgang der Freude und des Schmerzes.

Bei der Besinnung auf die Fundamente des Daseins setzt Wandlung die Fähigkeit, Gewohnheitsmäßiges abzustreifen, voraus. Man muß dem Unerwarteten, den neuen Werten sich öffnen.

Wer an die Erde gedrückt herumkriecht, sich nicht zur Meditation verpuppt, die verdorrte Hülle nicht abstreift, um als Falter zu fliegen, wird weder den Sinn des Lebens noch den der Liebe erfassen.

Mein Lied ... S. 125

Innerlich beschwingte Stille, Stille, die heilt, sammelt, vertieft, ins Innerste und Ewige führt. Reife – jene Phase, wo wir Frucht bringen, wo Ursprung, Sinn und Ziel eins sind. *Jahre der Befreiung S. 328*

Mit den Jahren wird man weiser, d. h. man lernt zu entsagen und zu danken. Reif sein heißt jeder Situation gewachsen sein und wissen, daß uns nur so viel gehört, als wir mit unserem Herzen und unseren Händen schaffen können; doch nichts läßt sich erzwingen.

Lebenserfüllung ist Gnade.

Um des Menschen willen S. 7

Der Weg zur Vollendung durch Arbeit ist ebenso wertvoll wie der durch die Liebe oder durch die Erkenntnis. Aber alle diese Wege sind nur möglich, wenn der Geist den Körper beherrscht und seine Funktionen lenkt. *Welteinheit . . .* S. 135

Wahre, tatstarke Liebe zum Mitmenschen ist ohne das Verwurzeltsein in einer Überwelt unvorstellbar. *Jahre der Befreiung* S. 13

Je weniger jemand in einer Überwelt, in Gott oder dem Kosmos wurzelt, je anthropozentrischer seine Einstellung ist, desto grausamer leidet er unter dem Alleinsein. *Verfremdung . . .* S. 35

Von der Allmacht des Geistes

Der Geist, die vierte Dimension

Wäre der menschliche Geist nicht ein Funke des göttlichen, dann wäre die Liebe zu den ewigen Ideen des Schönen, Guten und Wahren, die über Jahrtausende hinweg unseren Erdball erleuchten, längst erloschen. *Über Liebe und Tod S. 172*

Daß der menschliche Geist realer ist als der Körper, daran zweifeln heute nicht einmal die Mediziner, trotz ihrer naturwissenschaftlichen Schulung. Es ist allgemein bekannt, daß ein Teil der physischen Krankheiten auf psychischen Ursachen beruht, auch wissen wir alle, daß körperlich vollkommen gesunde Menschen als Melancholiker oder Schizophrene zu den unglücklichsten Geschöpfen zu rechnen sind. *Welteinheit . . . S. 38*

Von einem wahrhaft durchgeistigten Leben dürfen wir nur dort sprechen, wo Erkenntnisse, nicht Gehirnakrobatik und Zungentechnik sind, also aus Formulierungen bestehen, sondern wo Erkenntnisse Macht über das Leben gewinnen, alle seine

Verzweigungen mit ihrem Licht durchdringend.

Mosaik ... S. 101

„Es ist unglaublich", sagte der 81jährige Goethe zu Eckermann, „wieviel der Geist zur Erhaltung des Körpers vermag." *Mein Lied ... S. 173*

Das Sicheinprägen von philosophischen Erkenntnissen, das Auswendiglernen von Gedichten bedeutet für den Geist das gleiche, wie Sport für den Körper: die uns zur Verfügung stehenden Kräfte werden nicht nur erhalten und gepflegt, sie werden gestärkt, gestählt. *S. 174*

Die größtmögliche Vergeistigung, ein Sichbesinnen auf die Welt der Ideen ist der Sinn des Menschenlebens und das Endziel – die Vereinigung mit der Idee des Guten. In diesem Gedanken liegt das unsterbliche Erbe Platons. *Über Liebe und Tod S. 111*

Im „Wagnis" habe ich bekannt, daß ich an das Evangelium des Geistes glaube; unter Geist verstehe ich die höchste Stufe des Seins, die durch ihre Immaterialität, Unteilbarkeit und Selbständigkeit gekennzeichnet ist und als solche nach dem Tode nicht zerfallen kann. Der Geist wählt frei und entscheidet spontan. Er ist an eine raumzeitliche Ordnung nicht gebunden. Er durchdringt die materiellen Phänomene und erkennt die immaterielle Welt.

In seiner Eigenständigkeit kann der Geist aus dem Biologischen, d.h. aus dem tierhaften Sein, nicht abgeleitet werden ... Der Geist äußert sich im ästhetischen Schauen, im moralischen Tun, in intellektueller Klarheit. Menschen, die diese reinsten Freuden nicht kennen, bleibt es versagt, ihr eigenes Innere zu verstehen. *Um des Menschen willen S. 236*

Daß der menschliche Geist realer ist als der Körper, daran zweifeln heute nicht einmal die Mediziner, trotz ihrer naturwissenschaftlichen Schulung.

Welteinheit ... S. 38

Die zarte, unzerstörbare Kraft des Geistes, die stärker ist als die rohe Gewalt, ist noch viel zu wenig erkannt. *Um des Menschen willen S. 237*

In dem Maße, in dem sich der Sieg des Geistes über die Materie vollzieht, offenbart sich die Gegenwart Gottes im Menschen. *S. 239*

Der Weg zur Vollendung durch Arbeit ist ebenso wertvoll wie der durch die Liebe oder durch die Erkenntnis. Aber alle diese Wege sind nur möglich, wenn der Geist den Körper beherrscht und seine Funktionen lenkt. *Welteinheit ... S. 135*

Besäßen wir die Fähigkeit, alle geistigen Kräfte in unserm Inneren zu sammeln und zu verlebendigen, dann hätten wir eine unumschränkte, gewaltlose Verwandlungsmacht über uns selbst und die andern. Aber im besten Falle setzen wir von den Millionen geistiger Atome, die wir latent in uns tragen, nur ein Dutzend in Bewegung, und am häufigsten schlafen auch diese. *S. 147*

Das Schrecklichste ist, wenn man nicht denken, wenn man das Gedachte nicht verstehen, nicht aufschreiben kann, wenn die geheimnisvolle Ordnung des Geistes gestört ist. Solche Krankheiten, die das Menschsein an der Wurzel zerstören, gibt es, und diese haben etwas Grauenerregendes an sich. *Die weite Fahrt S. 160*

Die Freude an der geistigen Welt ist die höchste. Wer ihrer fähig ist, gehört zu den Auserlesenen.

S. 214

Ich wollte, daß mein Geist, trotz meines gebrechlichen Körpers, frei schalte. Ich glaubte an die Allmacht des Geistes. Eine lange zurückgedämmte Kraft war nun in mir freigelegt, die Kraft, die am sichersten selig macht, und die sich im Austeilen äußert. *S. 225*

Da der Geist eine viel feiner organisierte Realität ist als der Körper, schmerzen die ihm zugefügten Schäden weit mehr als die physischen.

Die eisernen Riegel ... S. 16

Bekennen wir uns, Gehende wie Kommende, zum Orden derer, denen alle Länder und Meere nicht genügen würden, wenn das Reich des Geistes und des Herzens unerobert bliebe. *S. 531*

Der Geist gleicht einem Gerät, das Wellen empfängt und aussendet. Gleichgesinnte Menschen werden uns zugeführt. Manchmal. Wenig wissen wir über die Beschaffenheit und Macht unseres Geistes. *Mein Lied . . . S. 27*

Heute, nach vierhundert Jahren, ist vom Reich Philipps II. nur wenig übriggeblieben, aber das Reich des armseligen Hungerleiders Cervantes, ebenso wie das Reich Shakespeares und Senecas, erstreckt sich über die ganze Welt und die Zahl seiner Untertanen wird immer größer. Wer vermag da noch an der Macht des menschlichen Geistes zu zweifeln? *Mosaik . . . S. 37*

Das Wunder des Gedankens

Wo entspringen die Gedanken? Eines der größten Wunder ist ihr Entstehen, und eine der größten Qualen – ihre Zertrümmerung, ihr Verfall, wenn sie als kopflose Rümpfe Hirn und Herz belasten, oder vor ihrer Wortgeburt in Nebel zerrinnen.

Ehe ich einen Gedanken niederschreibe und ausspreche, kann ich nicht beweisen, daß er da ist; dennoch existiert er, nur mir allein bekannt. Und schon nach einem Augenblick steht das für niemanden Sichtbare und Nichtbeweisbare schwarz auf weiß da, kann Jahrtausende überdauern, von Millionen Menschen wiederholt werden, Welten erbauen und vernichten.

Die eisernen Riegel ... S. 17/18

Der Gedanke ist dem Saatkorn vergleichbar. Um seine volle Keimkraft zu entfalten, braucht er fruchtbare Erde, Geruhsamkeit, Wärme, Wind aus dem Süden – alles das, was ein wahrhaftes Gespräch enthält.

In den Kerker des Alleinseins eingeschlossen, ohne Widerhall verwächst der Gedanke, wird schief und krumm, nur durch die Wechselwirkung des Verständnisses erblüht er zu voller Pracht.

Mosaik ... S. 163

Gedanken sind Realitäten. Sie sind es, die die Wirklichkeit, Wissenschaft, Kunst und alltägliches Leben umgestalten oder auch verunstalten.

Jahre der Befreiung S. 258

Es ist eine Freude, große Gedanken zu denken, eine noch größere, wenn ein Leben im Einklang mit diesen Gedanken gelebt wird. Gedanken besitzen eine befreiende Kraft, wir nähern uns dem Weltenschöpfer, und in seltenen, ganz aufgeschlossenen Augenblicken erhaschen wir einen Schimmer des ewigen Lichts.

Das göttliche Geschenk, das der Schöpfer seinen Kindern mitgab, als er sie aus dem Paradies vertrieb, war die Fähigkeit zu denken.

Denn das Wagnis ... S. 210

Das Genie – höchste Stufe des Menschseins

Im Genie vollzieht sich bis zum Zerreißen die Verknotung göttlicher und widergöttlicher Kräfte, das Ineinandergreifen von zersetzender Krankheit und höchster Gesundheit. Das Geniale in der Kunst ist das Unwiederholbare.

Biologisch gesehen entsteht ein Genie, wo Gegensätzliches sich vereint. Die wertvollsten Eigenschaften eines Volkes offenbaren sich erst im Zusammenprall mit einem fremden hochstehenden Volk.

Beim Zeichnen der Heimatkarte der genialen Köpfe stellt sich heraus, daß diese überwiegend aus Grenzgebieten stammen, wo sich geistiger Austausch und eine Blutmischung vollzogen haben.

Je höher die Stufe, auf der ein Mensch steht, desto weiter reicht sein Blick. Wenn sich in jedem normalen Menschen die Wechselwirkung geistiger und leiblicher, göttlicher und tierischer, heimischer und ausheimischer Kräfte vollzieht, so im gesteigerten Maße im Genie. *Auf der Schwelle . . . S. 122*

Das Genie gehört der ganzen Welt. Es ist symbolisch zu deuten, daß seine Ursprünge ebenso schwer einzuengen sind wie seine Mündung ins Ewige.

Wie im Leben, so ist das Genie erst recht nach dem Tode nicht an ein bestimmtes, eng umrissenes Stück Erde gebunden. *S. 125*

Wie sich im Genie blutmäßig eine Wechselwirkung verschiedener Stämme vollzieht, so auch eine Wechselwirkung männlicher und weiblicher Uranfänge. Der geniale Mann trägt in sich weibliche Elemente und umgekehrt.

Studiert man die Biographien der genialen Schöpfer, kommt man unweigerlich zu der Erkenntnis: Der geniale Mensch hat den Kopf eines Mannes und das Herz einer Frau. *S. 126*

Das Werk des Genies entsteht durch die vernunftmäßig nicht zu ergründende Kraft des Geistes, die der vierten Dimension zugehörig ist. Es ist wie das Licht, wir kennen seine Auswirkung, wir können es in Regenbogenfarben zerlegen, aber was es eigentlich ist, wissen wir nicht. Genie ist nicht gleichbedeutend mit höchster Begabung, die sich von einer Generation auf die andere vererbt, es muß noch das Dämonische hinzukommen, jene unergründliche, vom Menschenwillen unabhängige und durch ihn unabänderliche Kraft, die wir göttlich nennen.

S. 128

Das Genie ist ein Wesen, das den Elendesten unter den Elenden erblickt und ihm seine Stimme verleiht und zum dunkelsten Verbrecher den Weg findet. *Über Liebe und Tod S. 45*

Wo das Genie spricht, gibt es weder Alter noch Jugend, weder Gegenwart noch Vergangenheit.

Begegnung mit Elly Ney S. 16

Das Genie gehört der ganzen Welt. Wie im Leben, so ist das Genie erst recht nach dem Tode nicht an ein bestimmtes, eng umrissenes Stück Erde gebunden.

Auffällig ist es jedenfalls, daß die Weltstädte in viel größerem Maße Genies verbrauchen als Genies hervorbringen. *Auf der Schwelle... S. 125*

Der geniale Mensch hat den Kopf eines Mannes und das Herz einer Frau. *S. 127*

Die schöpferische Kraft wirkt im *Genie* übermäßig und während es glaubt, es handle aus eigenem Antrieb, ist es das Werkzeug einer höheren Welt geworden, ein würdig befundenes Gefäß göttlichen Einflusses. *S. 128*

Das Genie, ein Aufflammen des Weltalls, bricht in die Finsternis ein, benennt das Dunkel und schlägt in die tote Brandmauer der Gleichgültigkeit eine Bresche zum abendlosen Licht. *S. 129*

Ohne Hartnäckigkeit und Tragik ist Genialität undenkbar. *Abenteuer des Menschseins S. 87*

Das *Genie* lebt seiner Zeit voraus.

Meine Wurzeln ... S. 77

Der Dämon, von dem das Genie besessen ist, versteht es, seine schmerzbringenden Pfeile auf die empfindsamste Stelle seines Opfers zu lenken.

Gestalten . . . S. 116

Genie ist der gewagteste, durch die Vernunft allein nie zu ergründende Ausnahmefall der Natur, in dem sie ihre schöpferische, göttliche Urkraft mit unheimlicher Gewalt kundtut. *S. 159/160*

Der Heilige und das Genie

Die Heiligen sind die wahrsten Zeugen des Christentums; wo der Glaube an sie stirbt, wird das Christentum zu einer Aktiengesellschaft, die einmal in der Woche ihre Vertreter von der Kanzel aus reden läßt. Ohne die Heiligen wird das Christentum zur Bürokratie oder zu einer Wohlfahrtsgesellschaft . . .

Der Heilige überragt die Kirche wie das Genie das Volk, zu dem es gehört. Beide übertreten alle von Menschenhand gezogenen Grenzen, beide steigern, verdichten, läutern und konzentrieren alle menschlichen Innenwelt-Kräfte.

Der Heilige und das Genie sind Ausnahmemenschen, doch wehe dem, der sie als Idealmenschen ansieht. Sie haben gesündigt wie wir, vielleicht noch mehr als wir, aber sie haben ihre eigene Nichtigkeit und ihre Fehler klarer erkannt als wir, und es vermocht, über sich selbst hinauszuwachsen.

Der Heilige und das Genie sind die höchste, vernunftmäßig nicht mehr erklärbare Stufe des Menschseins, die ersehnte Überwindung des Tierischen und Verwesenden in uns.

Um des Menschen willen S. 90

Der um Gott ringende Mensch

Der Weg zu Gott

Unsere Vollendung ist Einheit mit Gott. Solange wir Gott nicht in uns aufnehmen, ist er in unserem Wirken nicht vorhanden.

Nord- und südl. Gelände S. 267

Die zentrale Frage, die die größten Denker aller Zeiten beschäftigt hat, ist der Weg der Seele zu Gott. Der Mensch ist das einzige Geschöpf, das über seine somatisch-irdische Existenz hinausstrebt und nicht zur Ruhe kommt, bevor es verankert ist in Gott. Dies über Jahrtausende hinweg bestehende Hinausstreben der Seele aus dem Körperkerker ist allen Völkern gemeinsam und ein Zeugnis ihrer Gottähnlichkeit.

Über Liebe und Tod S. 173

Um an Gott zu denken, ist die Abschaltung der Außenwelt notwendig. Je größer die äußere Stille, desto leichter sammelt sich die lichtentzündende Stille in unserem Innern. Der Nobelpreisträger Alexis Carrel nennt das Gebet die machtvollste Energie, die man zu erzeugen vermag. Dieser Doktor der Medizin berichtet von sogenannten unheilbaren

Patienten, die durch die stille Macht des Gebetes gesundeten: „Beten ist eine ebenso wirkliche Kraft wie die Schwerkraft der Erde." *Mein Lied . . . S. 128*

Daß weder Gottes Gnade noch die Liebe eines Menschen sich erzwingen lassen, gehört zu den unabwendbaren tragischen Motiven des irdischen Daseins. *Über Liebe und Tod S. 170*

Ich weiß, daß ich von einem transzendenten Wesen, dessen Namen ich nicht kenne, abhängig bin. Das Unergründliche nenne ich Gott. Er ist ein Künstler von nie erschlaffender Schaffenskraft. Aus den Eigenschaften der Materie allein sind weder die strengen Ordnungsgesetze der Natur noch die Schönheit des Kosmos zu erklären. Es gibt seiende Dinge, die unserer Erfahrung entzogen sind. Wir können Unbekanntes nur nach dem Vorbild des Bekannten uns vorstellen, daher Zweifel und Unglaube. *Nord- und südliches Gelände S. 139*

Wie die Wurzeln der Pflanze ohne Erde verdorren, so die vom Himmel abgeschnittenen Wurzeln der Seele. *Über Liebe und Tod S. 171*

Indem ich lebe und Welt sage, sage ich Gott. Er muß sein! *Meine Wurzeln . . . S. 8*

Die höchste menschliche Schönheit spricht aus einem Antlitz, in dem Gottes Gedanken zu lesen sind. Es gehört zum Wesen des Menschen, Natur und Übernatur zu sein. Menschliches und Göttliches lassen sich nicht ohne Schaden für das Menschliche trennen. *Auf der Schwelle . . . S. 183*

Ein Christusmensch ist, wer keinen einzigen Menschen zum Weinen gebracht hat oder – da dies uns, den Unvollkommenen, nicht möglich ist: Wer keinem einzigen Menschen willentlich wehtut.

Wahre Religion besiegt den Dämon der Trägheit und des Neides und verwandelt auch alltägliche Arbeit in ein Gebet. Wahre Andacht ist Hinwendung zu Gott, der eine vollzieht sie mit der Füllfeder, der andere mit dem Rosenkranz, der dritte mit dem Spaten.

Es ist leichter, regelmäßig die Messe zu besuchen, als eine gute Tat zu vollführen, Kränkungen zu vergessen, Selbstsucht zu überwinden und den Andersdenkenden gelten zu lassen.

Welteinheit . . . S. 42

Unsere Vollendung ist Einheit mit Gott.

Solange wir Gott nicht in uns aufnehmen, ist er in unserem Wirken nicht vorhanden.

Von Gott getrennt, als Selbstzweck, zerfließt unser Leben ins Uferlose und wird qualvoll, das heißt böse. *Nord- und südliches Gelände S. 267*

Nur wenn wir in eine höhere Ordnung eingebettet sind, wenn wir uns vor dem Unerklärlichen beugen und unsere Demut stark genug ist, um zu erkennen, daß wir die Welt weder geschaffen haben noch diese enträtseln können, nur wenn wir einsehen, daß wir unseren Willen dem des Schöpfers nicht gleichsetzen dürfen, können wir ohne Verbitterung, Resignation und Nihilismus das Leben gestalten. *Jahre der Befreiung* S. 215

Gott ist das große, unergründliche Meer, aus dem jeder je nach seinem Vermögen schöpft. Das Wasser ändert sich nicht, ob wir einen Steinkrug oder ein geschliffenes Glas in der Hand halten, aber je geistiger jemand ist, desto reiner die Form seiner Anbetung.

Wie es einen tiefen Sinn hat, daß jedes Volk sich seiner eigenen Sprache, ja jede Landschaft sich ihres eigenen heimatlichen Dialekts bedient, so hat auch jeder Mensch seinen eigenen Weg zu Gott.

Welteinheit ... S. 45

Gottes Schöpfung ist unendlich in ihrer Mannigfaltigkeit, jede Rasse, jedes Volk, jedes Individuum hat sein eigenes Gesicht; daher ist es nur natürlich, daß in der Anbetung des Ewigen jeder seine eigene Form findet und sich mit Gleichgesinnten vereint.

S. 47

In den Apokryphen, Buch Judith, steht der tiefe Satz, der uns eine Antwort auf unser unermüdliches Fragen gibt und unsere wilde Begierde, Unerklärliches zu erklären, zähmt: „Ihr könnt ja nicht einmal die Tiefe des Menschenherzens ergründen und dessen geheime Gedanken erfassen, wie wollt ihr denn Gott, den Schöpfer des ganzen Weltalls, erforschen und seinen Sinn erkennen und seine Gedanken verstehen?"

Ein göttlicher Sinn waltet in der ganzen Welt; ihn zu erkennen, in seinem Sinn zu leben, unsere Taten von seinem Licht zu durchleuchten ist unsere Aufgabe.

Indem ich die sieben Höllenringe des Alleinseins durchschritt, entdeckte ich in der mich einschließenden Mauer des unergründlichen Leids drei Fenster: Freundschaft, Musik, Gebet.

Doch ist nicht alle Kunst ein Gebet um Menschenliebe und die Nähe des Freundes erlösende Musik?

Dadurch, daß man in den Wunden wühlt, verheilen diese nicht. Wer sich aber aus dem verheerenden Gefühl der Isolation durch Verzicht und Einsicht hindurchgerungen hat, erkennt den hohen Sinn des Lebens: Gutes zu tun, auch wenn es sinnlos scheint. Wer im Menschen Gott liebt, entsteigt der Eiswüste der Verlassenheit.

Um des Menschen willen S. 197

Jesus Christus

Jesus beginnt erst mit seinem 30. Lebensjahr zu predigen, zu heilen, Wunder zu vollziehen. Nur drei Jahre sind ihm bis zu seiner Kreuzigung beschieden. Und er vollzieht das größte Wunder, das Wunder aller Wunder: er prägt die Kulturgeschichte für zweitausend Jahre, die Musik, die Architektur, die Malerei, die Dichtkunst. In seinem 30. irdischen Jahr brach das Überirdische in sein irdisches Leben ein.

Daß ein Wirken von drei Jahren zweitausend Jahre bestimmen kann mit einer solchen Wucht, einer solchen Innigkeit, einer so flammenden Kraft, ist ein Wunder. *Mein Lied . . . S. 180*

Um die Freude zu entzünden, um den Schmerz auszulöschen, kam Jesus auf die Welt. Das Leid gehört zum Menschsein. In Schmerzen wird der Mensch geboren, doch er wird geboren, um den Schmerz zu überwinden. Jesus ging zu den Menschen, um Traurigkeit in Freude zu verwandeln. Kurz vor seiner Gefangennahme sagte er zu seinen Jüngern: „Ein Weib, wenn es gebiert, so hat sie Traurigkeit, denn ihre Stunde ist gekommen; wenn sie aber das Kind geboren hat, denkt sie nicht mehr an die Angst um der Freude willen, daß der Mensch zur Welt gekommen ist."

Mit jedem Menschen werden unendliche Möglichkeiten der Freude geboren: „Und euer Herz soll sich freuen, und eure Freude soll niemand von euch nehmen", – deutlicher kann der Sinn unseres Lebens nicht ausgesprochen werden. Wer die Fähigkeit sich zu freuen nicht besitzt, ist christusfremd, und wer eine Freude tötet, ist der schlimmste Mörder. *Im Anfang war die Freude S. 90*

Christus war Gott und Mensch. Ihn dürstete und hungerte wie uns, er kannte wie wir Müdigkeit und Traurigkeit, er zagte, weinte und sehnte sich wie wir nach dem Verständnis seiner Mitmenschen, von denen er einige mehr als alle andern liebte. Insoweit er Mensch war, war er tragisch, viel tragischer als der in seinen Forderungen rigorose Giordano Bruno, oder der durch Nero in den Selbstmord getriebene Seneca. Seine Fallhöhe war die größte, weil seine ethische Reinheit makellos war. *S. 32*

Christus wird nicht von Feinden ergriffen, sondern von seinem eigenen Volk aus Neid den Häschern überantwortet. Neid, dieser heimtückische Vampir, wurde mit den Kindern der ersten Menschen geboren. Neid veranlaßte Kain, seinen eigenen Bruder zu erschlagen, und auch Joseph wurde von seinen Brüdern aus Neid in die Grube geworfen und verkauft.

Um des Menschen willen S. 34

Eigentlich starb Christus zweimal den Kreuzes-Tod. Ehe er auf dem Kalvarienberg verschied, wurde er im Garten Gethsemane an das Kreuz der Einsamkeit geschlagen. Er überantwortete sich nicht Gott in uferlos demütiger Ergebenheit, er zitterte und zauderte, fiel auf die Erde und bat flehentlich, der Leidenskelch möge ihm erspart bleiben. In seiner Verzagtheit ist er uns rein menschlich am allernächsten, seine Verzweiflung tröstet uns in unseren schwächsten Stunden. Gäbe es nicht den Gebetskampf, stünde er in unerreichbarer fremder Höhe über uns, und wir würden nicht nach ihm, wie nach einem Bruder, die Hand ausstrecken. Verzagtsein gehört mit zum Menschsein, doch wer nicht betet: „Dein Wille geschehe", kann durch den Glauben nicht erlöst werden. *S. 35*

Das religiöse Bewußtsein

Wie im Osten, so besteht auch im Westen wahre Religion in der Ausübung von Gerechtigkeit und Barmherzigkeit; keine einzige der Hochreligionen rühmt das Böse. Aber wie wesentlich auch die Ethik für die Religion ist, identisch mit ihr ist sie nicht. Der Ausgangspunkt ist das Numinose, die innere Erfahrung von der Wirksamkeit persönlicher und unpersönlicher transzendenter Mächte.

Ein wesentlicher Zug aller Hochreligionen ist, daß sie im Menschen unausweichliche Fragen wecken: Warum bin ich geboren? Wohin komme ich nach dem Tode? Was ist der Sinn meines Lebens? Der Mensch hat, wie Goethe sagt, eine verehrende Ader, oder, wie Dr. M. E. Bircher zu sagen pflegt, ein religiöses Organ, das entwickelt werden oder auch verkümmern kann.

Wer Türen und Fenster der Seele verschließt, zu dem kann das göttliche Licht nicht eindringen. Verliert der Mensch das Gefühl seiner göttlichen Verbundenheit, wird er von Instinkten, Begierden und Ängsten hin- und hergeschleudert, ihn peinigt Unzufriedenheit, Unruhe, Langeweile. Der heutige Mensch ist so zerstreut und zerrissen, weil er seine wahre Heimat verloren hat. Die Verankerung in der Transzendenz verleiht Kraft, unausweichliches Leid zu tragen, nie endende Widerstände zu überwinden. *Welteinheit . . . S. 37*

Ob im Westen oder Osten, wahre Religion besiegt den Dämon der Trägheit und des Neides und verwandelt auch alltägliche Arbeit in ein Gebet. Wahre Andacht ist Hinwendung zu Gott, der eine vollzieht sie mit der Füllfeder, der andere mit dem Rosenkranz, der dritte mit dem Spaten. *S. 42*

In der wahren Religion sind drei Dinge entscheidend:

1. die Einordnung des menschlichen Lebens in einen höheren Bezug;
2. die Einsicht, daß sich unser Leben durch das biologische Dasein allein nicht erschöpft: jeder Mensch trägt in sich ein Etwas – nennen wir es Atman, Geist, Seele, Ewigkeitshauch –, das ihn über das Tier hinaushebt;
3. das Verlangen nach persönlicher Vervollkommnung, d. h. die jedem Einzelnen mögliche, höchste Stufe zu erreichen. *S. 42/43*

Das Dogma ist die historische, durch Raum und Zeit bedingte Formulierung ewiger metaphysischer Wahrheit. Riten und Altäre vergehen, das Göttliche bleibt bestehen. *Welteinheit . . . S. 45*

Der Buchstabengläubige unterscheidet sich wenig von dem Primitiven, der mit seinen Zaubersprüchen den Allmächtigen zu beeinflussen trachtet; er sperrt Gott in einen Käfig und vergißt, daß Gott mit dem ganzen Universum verbunden ist.

S. 46

Von der Intensität des religiösen Bewußtseins hängt die Vervollkommnung der Menschen ab und auch ihre Verbundenheit untereinander.

Die weite Fahrt S. 339

Für einen wahrhaft religiösen Menschen ist das Dogma keine Scheidewand. Wie der geistige Mensch auch den anderen, deren Sprache er nicht gelernt hat, Menschenrechte zuerkennt, so ist eine fremdartige Gottesanbetung kein Grund, dem Mitmenschen die Gotteskindschaft abzusprechen.

Welteinheit . . . S. 43

Die religiöse Wahrheit gehört der universalen Ordnung an und wird infolge geographischer und kultureller Grenzen in mannigfaltige Formen gefaßt. Unsere Aufgabe ist es, die Vielfalt der Wege, die zum ewigen Licht führen, anzuerkennen. *S. 44*

Nicht die Wahrheit einer Religion, nicht die Schönheit einer Kultur suche ich, sondern die Wahrheit, die alle Religionen und Kulturen verbindet und dem Menschen hilft, seine Bestimmung zu erfüllen. *S. 47*

Lebendige Glaubenskräfte

Wo neben dem Erkenntnisdrang die Glaubenskräfte lebendig sind, erfüllt sich unsere höchste Aufgabe: wir sind die Krippe, in der Christus geboren wird. *Über Liebe und Tod S. 166*

Innere Einkehr muß erarbeitet werden. Jeder Nachtgedanke beschwört Finsternis herauf und macht das Unabwendbare unerträglich; jeder Lichtgedanke beschwört das ewige Licht, das, wenn auch nicht den Lichtspender selbst, so andere ihm Unbekannte erwärmt und erleuchtet. Alles, was geschieht, verbindet sich mit dem, was auf Erden und im Himmel geschehen ist und in Zukunft geschehen wird. *S. 167*

Das liebende Einssein mit Gott ist Maßstab wahrer Religion.

Wie für die östlichen, so ist für die westlichen Mystiker Religion inwendiges Leben. Die verschiedenen Vorstellungen von Gott sagen uns, daß er unsagbar ist. *S. 168*

Man verwechselt oft *Religiosität* und *Konfession*. Konfession ist durch das Dogma bedingt, Religion ist innere Erfahrung. Über den Wert der einzelnen Konfessionen läßt sich streiten, religiöse Erfahrung kann, wie ja auch die Liebe, weder bewiesen noch widerlegt werden. Es gibt aber heute viele mehr starr gebundene Dogmatiker aller Konfessionen als Christusmenschen. Es ist bequemer, sich den christlichen Glauben in den Paß als in das Herz einschreiben zu lassen. Die äußere Form deckt die innere Leere zu.

Gläubig geübte kultische Handlung stärkt das religiöse Organ, dessen Verkümmerung seelische und körperliche Krankheit hervorruft, wie Dr. Max Edwin Bircher in seinen „Meditationen über die Heilung" nachweist. *Über Liebe und Tod S. 169*

Der Kern des christlichen Glaubens ist die persönliche Unsterblichkeit. Wer diesem Glauben anhängt, gehört zu den wahrhaft Glücklichen. Doch kaum jemand ist so stark, sein ganzes Leben in dieses Bekenntnis einzubetten. Wer nie ein Raub der Verzweiflung gewesen, ist nicht Mensch zu nennen. Die unauslotbare Traurigkeit in den Kinder-Totenliedern von Gustav Mahler tröstet, wie tiefes Leid durch tiefstes Leid bis an die letzte Grenze geführt und erschöpft wird.

Über Liebe und Tod S. 135

Stunden der Erneuerung

Impulse der Freude

Freude macht gut, doch nur Menschen edler Natur. Der Egoistische wird in der Freude noch habgieriger und vergißt, daß es außer ihm auf der Welt noch andere freude-hungrige Wesen gibt.

Genuß darf man in keinem Fall mit Freude verwechseln. Genuß zerstückelt und zerstreut den Menschen, Freude leuchtet und sammelt seine Kräfte.

Am tiefsten offenbart sich die Freude in der Musik, in der absoluten Kunst, in der die Gefühle nicht ihr Abbild, sondern ihren unmittelbaren Ausdruck finden. In der Kunst verlassen wir das Ich-Gefängnis und kehren in die universelle Einheit zurück; daher erweckt alle große Kunst, auch die tragische, erhabene und reine Freude.

Mosaik . . . S. 81

Der Vogel der Freude ist ein scheues Wesen. Nicht in jedermanns Garten baut er sein Nest. Die Blume der Freude ist ein zartes Gebilde, nicht in jeder Seelenerde keimt und gedeiht sie. *S. 84*

Der Mensch kennt eine vierfache Freude, die ihn vom Tierbruder unterscheidet: die Freude, Gutes zu tun, auch dort, wo es sich nicht bezahlt macht; die Freude am Schönen und an der theoretischen Erkenntnis, und endlich die Anbetung des Heiligen. Je geistiger ein Mensch ist, desto stärker ist in ihm dieses vierfache Verlangen.

Um des Menschen willen S. 235

Unsere Seele muß hellwach und hellhörig sein. Einmal klopft wohl das Glück an das Fenster eines jeden Menschen, doch wer auf das leise Pochen nicht öffnet, hat den großen Augenblick seines Lebens verspielt. Mancher schläft bis in den Mittag hinein und beklagt sich am Abend, daß er Sonnenaufgang und Morgentau nicht erlebte.

Unsere Seele muß bereit sein zum Wagnis, kühn und tapfer. Es gehört mehr Anstrengung dazu, auch nur eine Feder aus den Schwingen des Vogels der Freude sich zu erobern, als sich von der Flut des Schmerzes treiben zu lassen. Der Schmerz ist auch ohne unser Zutun da, doch die Freude nur, wenn wir selbst sie uns schaffen.

Das Lebenskreuz wird uns auferlegt, doch die Blume der Freude müssen wir selber in unseren Garten pflanzen oder suchen gehen.

Nur dem Geduldigen öffnet sich die Blume der Freude. Wer eine Knospe frühzeitig aufbricht, wird nie ihre volle Entfaltung erleben.

So mancher geht kurz vor Sonnenaufgang an der Finsternis zugrunde, mancher am Winterfrost, weil es ihm an Geduld gebricht, in der kältenden Leere das Lied des Himmelsorganisten, der Lerche, zu erwarten. *Mosaik . . . S. 84*

Eine unerläßliche Vorbedingung zur Freude ist das Wohlwollen Menschen, Tieren und Dingen gegenüber. Dieses besitzt der innerlich Freie, der in sich ein Leuchten trägt, das nicht die Himmelssonne, sondern sein eigenes Herz entzündet hat. –

Wer mit diesem Leuchten begabt ist, der erwartet nicht, daß ein Stern zu seinen Füßen niederfalle. Er freut sich über einen reifen Apfel, über das Lächeln seines Freundes, über einen Sonnenstrahl am kalten Tage. *S. 85*

Wie es eine Vorfreude gibt, so gibt es auch eine Nachfreude, und bisweilen ist diese am tiefsten. Nur der Barbar findet in der Hingabe an den Augenblick Genügen. *Die weite Fahrt S. 170*

Eine unerwartete Freude ist eine zehnfache.

Die Freude muß wie der Blitz einschlagen, man darf sie nicht aus Streichholzflämmchen zusammensetzen. *Denn das Wagnis . . . S. 541*

Die tiefste Freude dieser Welt, das Heimatfinden im Gleichgesinnten und die Möglichkeit, innerlich Erlebtes zum Ausdruck zu bringen. *S. 570*

In jeder Freude liegt ein Finden des eigenen Ich.

Jahre der Befreiung S. 190

Nichts ist allen Menschen in allen Erdteilen, den Kleinen wie den Großen, so gemeinsam, wie das Verlangen nach Freude, denn sie ist die Überwinderin der Schwerkraft. *Im Zuge des Lebens* S. 343

Das Geheimnis, Freude zu bereiten, beruht in der Fähigkeit des Erratens und Überraschens.

Im Anfang war die Freude S. 51

Wer eine Freude tötet, ist ein Mörder. S. 93

Ich glaube, wahres Menschsein wurzelt in der Freude.

Nichts vereinigt die Menschen tiefer als das Verlangen nach Freude: gaudium essendi – die Freude des Seins.

Durch das Kreuz kam Freude über die ganze Erde, und in der bewußten oder unbewußten Sehnsucht nach Freude wurzelt unsere ganze Kultur.

Sieben Gäste S. 185

Nur wer sein Leben einem Höheren unterordnet, kann sich der Freude öffnen. Freude verströmendes Leben aber ist ein sinnerfülltes Leben.

Begegnung mit Elly Ney S. 81

Die wichtigste Vorbedingung zur Freude ist die Unversehrbarkeit der Seele, die schon Aristoteles gepriesen und die in unserer Zeit ihren schönsten Sänger im englischen Romanschriftsteller Charles Morgan, dem Kammermusiker der Seele, gefunden hat. *Mosaik . . . S. 88*

Eine weitere Voraussetzung zur Freude ist innere Stille und Abgeschiedenheit. Ist der Mensch gezwungen, immer in der Menge zu leben, so will es sein Selbsterhaltungstrieb, daß er sich der Herde anpasse. Die Tiefendimension des Ichs verliert sich, persönliche Initiative versiegt. Kann der Mensch sein Leben nicht aus dem eigenen Glase leeren, so ist er gezwungen, seinen Hunger aus dem Gemeinschaftstopf zu stillen, sein geistiges Gesicht verwischt sich immer mehr und führt nur ein halbes Dasein. Die Gedanken atrophieren sich, die Sinne stumpfen ab, die Seele verliert ihre Schwungkraft. Man kennt Unterhaltungen und Zeitvertreib aller Art, doch fremd ist Zeit- und Icherfüllung. Man nimmt an Vergnügungen teil, doch von uns flieht der Vogel der Freude, erschreckt von unserer inneren Leere. *S. 93*

Das Geheimnis, Freude zu bereiten, beruht in der Fähigkeit des Erratens und Überraschens. Je lieber man jemanden hat, desto leichter ist es, unausgesprochenen Wünschen zuvorzukommen, an der Sehnsucht des anderen teilzuhaben.

Im Anfang war die Freude S. 51

Stille – mein Himmelreich

Stille ist durch Lautlosigkeit bedingt, aber nicht dasselbe. Die schlimmsten Zerstörer der Stille sind Unzufriedenheit, Begierde, Sorge; erst wenn diese Untiere vertrieben sind, kann die Stille einziehen. Sie sammelt zerstreute Kräfte, öffnet den Weg zum Kern des Herzens. Das wortlose Gespräch mit dem geliebten Menschen verflüchtigt sich schmerzhaft, sobald ein Dritter hinzutritt.

Stille – mein Himmelreich, Heimat, Heilstätte, Urquelle der Inspiration, Vereinigung mit dem Ewigen, Aussöhnung mit dem Unerträglichen, Verzicht und Erfüllung zugleich.

Wie die Wolken an einem windstillen Sommertag über die Erde gleiten und so still dem Leben entgleiten. Gelingt es ins Schweigen hineinzulauschen, sich in ein Ohr der Stille zu verwandeln, dann breitet sich über den physischen Schmerz und auch über den der Seele ein besänftigender Schleier, und wir spüren die von allen Dingen ausgehenden Schwingungen. *Abenteuer des Menschseins S. 115*

Hat noch ein anderes Menschenwort so viele entgegengesetzte Farben und Schattierungen wie das Wort Schweigen? Wir schweigen, wenn das Gesagte uns nichts angeht, wir schweigen, wenn wir dem anderen nichts zu sagen haben. Wir schweigen aber auch, wenn Worte nicht mehr genügen. Wir schweigen, wenn ein Engel ins Zimmer tritt. *S. 305*

Es gibt ein Schweigen, das mehr sagt als Worte.

Jahre der Befreiung S. 148

Im kontemplativen Alleinsein mit der Natur, im Gleichnis der Musik erahnt man Göttliches.

Mein Lied ... S. 57

Je stiller man wird, desto tiefer spürt man die Innigkeit unserer Beziehung zum Universum. *S. 168*

Innere Einkehr muß erarbeitet werden. Jeder Nachtgedanke beschwört Finsternis herauf und macht das Unabwendbare unerträglich; jeder Lichtgedanke beschwört das ewige Licht, das, wenn auch nicht den Lichtspender selbst, so andere ihm Unbekannte erwärmt und erleuchtet. Alles, was geschieht, verbindet sich mit dem, was auf Erden und im Himmel geschehen ist und in Zukunft geschehen wird. *Über Liebe und Tod S. 167*

Die Welt ändert sich nicht durch ein Erdbeben oder andere kosmische Ereignisse, sondern durch das Wagnis Einzelner, die den Mut zur Einsamkeit haben, d. h. den Mut, den eigenen Weg zu gehen und andere Gedanken als die Mitwelt zu denken. Ist die Zeit ihr Mitarbeiter, dann scharen sich um diese Einsamen einige andere und bereiten den Weg zu einer Wandlung im Guten oder Bösen vor.

Welteinheit ... S. 56

Die Fähigkeit zur Konzentration, Meditation und Kontemplation, d.h. die Freiheit von der Sinnenwelthaftung macht die Schönheit des menschlichen Antlitzes aus: das kleine Alltags-Ich erlischt, die innere Welt öffnet sich dem ewigen Licht. Wer das nicht vermag, fühlt sich als Individuum isoliert, ängstigt sich vor unbekannten Dingen und Geschehnissen und ist als ein Fremdling dieser Welt unabsehbaren Gefahren preisgegeben.

Welteinheit . . . S. 67

Im Chaos der aufdringlich schreienden Nebensächlichkeiten geht die innere Stille verloren. Das Unterscheidungsvermögen zwischen dem Vergänglichen und Ewigen stumpft ab, das seelische Augenmaß, das die wichtigen von den unwichtigen Dingen trennt, verkümmert.

Wie sich Sonne und Mond nicht im trüben Gewässer widerspiegeln, so kann sich auch der Allmächtige nicht in einem Herzen widerspiegeln, das von der Idee „Ich und Mein" getrübt ist.

Erst wenn das kleine Ich zurücktritt, kommt das göttliche Selbst zum Vorschein. Meditation und Kontemplation helfen uns bei der Befreiung aus dem Käfig des Ich. *S. 68*

Kontemplation – eine Vertiefung der Meditation, inständiges Nachinnengewandtsein, anschauende

Versenkung, die alles Wollen ausschaltet und zur Erschließung übersinnlicher Wirklichkeit führt. Den Nach-innen-Gewandten streift Gottes Odem, er nimmt Gott im eigenen Innern und in allen Dingen wahr. Je mehr das Bewußtsein für die Außenwelt schwindet, desto vollkommener ist die Meditation und Kontemplation.

Aus eigener Erfahrung weiß ich, daß körperliche Erkrankungen durch die mannigfaltigen Methoden der inneren Sammlung, die sich jeder seiner Anlage gemäß ausbilden muß, leichter zu überwinden sind und uns bei unabwendbaren Heimsuchungen physischer und psychischer Art vor endgültiger innerer Zerstörung bewahren können. *S. 69*

Bewußtseinserhellung

Bewußtseinserhellung ist unser Ziel. Bewußtsein als Wahrnehmung besitzen auch die Tiere. Der Mensch aber besitzt ein Bewußtsein, das nicht nur wahrnimmt und reagiert, sondern zum Wahrgenommenen und Erlebten sich zurückwenden und erkennen kann, daß es wahrnimmt. Dieses reflektierende Bewußtsein ist die geistige Funktion des Menschen und hebt ihn aus der Tierreihe heraus, mit der er vom biologischen Standpunkt aus verbunden ist.

Das reflektierende Bewußtsein ist gleichbedeutend mit Geist, und der Mensch, der Träger des

Geistes, kann der zweite Weltschöpfer oder auch Weltvernichter sein. Je größer die Bewußtseinserhellung ist, je größer das Verantwortungsgefühl, desto höher die Stufe, auf der der Mensch steht. Geist ist die göttlich-kosmische Schöpferkraft, die sich im Glauben an das überseiende Sein offenbart.

Abenteuer des Menschseins S. 13

Seit ich bewußt lebe, versuche ich, den allverbindenden geistigen Kräften in ihren literarisch faßbaren Auswirkungen nachzuspüren und Geistesverwandte in allen Weltteilen zu entdecken. Wer dürfte sagen, daß er die ganze Wahrheit gefunden hat? Aber undenkbar ist es, zu leben, ohne die Wahrheit zu suchen. *Welteinheit . . .* S. 7

Musik – ein Hauch des Ewigen

Eines Tages brach in meine dunklen Stunden ein großes Licht und erhellte sie nicht nur für Augenblicke, sondern entzündete einen Funken, der bald schwächer, bald stärker mein ganzes Leben erleuchtet hat. *Die weite Fahrt* S. 35

Im Radio h-Moll-Symphonie von Tschaikowsky. Ein mir verwandtes, nacktes Selbstbekenntnis. Ungehemmter Ausdruck uferloser Melancholie. Vorahnung des Todes. Subjektivismus und Mystik in diesem Grade ist dem Westen fremd.

Jahre der Befreiung S. 110

Musik – ein Hauch des Ewigen, Erinnerung an göttlichen Ursprung, Befreiung der Seele vom Fluch der Maya. *S. 303*

Je älter man wird, desto mehr wandelt sich alles zum Gleichnis, und das Letztverborgene, für das es in der menschlichen Sprache keine Worte gibt, offenbart uns die Musik.

Abenteuer des Menschseins S. 401

Alle große Musik ist traurig. Der Gipfelpunkt der abendländischen Musik ist wohl Bachs h-Moll-Messe, die ein Isaias-Wort zum Thema hat: „Ich sah den Herrn". Auch Beethoven und sogar der „heitere Mozart" haben ihre letzten, geheimsten Gedanken, ihre Gottesschau, in Moll ausgedrückt. Die g-Moll-Symphonie schrieb Mozart kurz vor seinem Tode, und alle vier Sätze enthalten eine verhängnisvoll düstere Stimmung; aber Mozart war so stark, daß er den Schmerz in Spiel verwandelte, und das ist ein Kennzeichen des Genies. *Die weite Fahrt S. 216*

Daß das Licht in Ton verwandelt werden kann und umgekehrt, die Töne in Licht – wie das die moderne Physik bewiesen hat – erlebte ich während der Konzerte.

Konzerte in Landkirchen bereichern mehr als in den Sälen der Großstädte. Man kommt aus der Stille und geht in die Stille. Die Vor- und Nachfreude, das musikalische Erlebnis, wird nicht vom Getöse und Gestank der Stadt niedergewalzt. Reine, lächelnde

Beglückung. Überzeitliche, überräumliche Schönheit unserer arg verstümmelten Welt. Die Konzerte befähigen mich zu jenem Tun, das man „an Gott denken" nennt. *Mein Lied . . . S. 260*

Bücher – Brücken über Zeit und Raum

Ein Buch ist ein Wald mit blühenden Wiesen, schattigen Bäumen, geheimnisvollen Weihern, je und je stößt man auf langweilig vertrocknete Zweige, auf Haufen dürrer Blätter, leblose Stumpfen, gefällte Stämme, auch geschieht es, daß man in einen Sumpf versinkt und nicht weiß, wie man vorwärts kommen soll. *Jahre der Befreiung S. 252*

Bücher sind lebendige Wesen, nicht nur gabenverteilende und heiltrankspendende, sie sind auch grausame Wesen, die das Blut des Schöpfers in sich aufsaugen und zwei Leben leben: ein gemeinsames mit dem Dichter, und ein längeres und intensiveres nach seinem Tode. *S. 268*

Alle Brücken übertrifft jene, die nicht aus Stein und Beton gebaut ist, sondern aus ewigen Büchern. Es gibt vielerlei Sprachen, die Zeiten ändern sich, die Völker sind voneinander unterschieden, aber hin und wieder entsteht ein Werk, das Jahrhunderte, ja Jahrtausende überdauert. Diese Brücke mit all ihren Pfeilern und Wölbungen kennenzulernen und, wenn möglich, einen kleinen Stein zu ihrer

Festigung beizutragen, war mein Wunsch und Ziel.

Denn das Wagnis . . . S. 203

Bücher sind Werkzeuge zur Selbstfindung und jeder benötigt andere.

Nord- und südliches Gelände S. 55

Geliehene Bücher stillen ebensowenig den Hunger des Herzens wie geliehene Freunde. S. 56

In unserem Innern ist ein Magnet, der die Bücher, die wir am meisten brauchen, uns zuführt.

Die Aufgabe des Dichters . . . S. 133

In der Ewigkeitswaage wiegt bisweilen ein schmales Buch schwerer als dicke Bände. Wie klein ist doch das ewigste aller Bücher, das Evangelium, das den Inhalt unserer ganzen Kulturwelt bis auf den heutigen Tag bestimmt hat. *Gestalten . . .* S. 13

Auch für Bücher – wie für Freunde jeder Art – muß man reif werden, um ihren Reichtum zu erkennen. In den letzten zwei Jahren wurde „Das Lied der Gottheit" eines meiner Lieblingsbücher; es half mir, Abstand zum eigenen Ich zu gewinnen, und es war beglückend, in einem jahrtausendalten Buch die Bestätigung des eigenen Lebensplans zu finden: Vergeistigung ist nur ein anderes Wort für menschliches Leben. *Welteinheit . . .*S. 36

Weisheit des Herzens

Erkenntnisse

Es kommt in unserem Leben nicht darauf an, was der Mensch erreicht oder verliert, sondern wie er Gewinn und Verlust erträgt.

Jahre der Befreiung S. 437

Kein Weg ist so schwer, so voller Hindernisse und Abstürze wie der Weg zum menschlichen Herzen.

Der Staub des Alltags verweht die Spur. Auch zwischen wahrhaft Liebenden erhebt sich je und je eine Eiswand. Ist das Herz erloschen, kann diese Wand nicht schmelzen. *S. 53*

Früh bin ich zu der Erkenntnis gekommen: je weniger Menschen wir die Tür unseres Herzens öffnen, desto ruhiger ist der Herzschlag, desto seltener gibt es Dissonanzen in der Lebenssymphonie.

Was im Herzen wurzelt, ist immer gegenwärtig, nur können wir es nicht jederzeit erreichen.

Jahre der Befreiung S. 96

Es gibt Wunden und Narben, die nie ganz zuheilen, aber es gibt Landschaften, Häuser und Erlebnisse, die das Innerste durchleuchten, die zugeschüttete Melodien neu erwecken.

Begegnung mit Elly Ney S. 60

Unergründlich ist das menschliche Herz und seine Fähigkeit des Vergessens und des Nichtvergessen-Könnens. *Denn das Wagnis . . . S. 187*

Ist das Herz voller Kummer, dann wehrt man sich nicht gegen einen neuen: im Leid wird man wehrlos. Die Türen eines verwundeten Herzens stehen jedem neuen Angriff offen. Es fehlt an Energie, dem neuen Weh die Tür zu verschließen. *S. 342*

Die Uhr des Herzens hat ihr eigenes Gesetz, es gibt Minuten, in denen sich mehr vollzieht als in Jahren. *Meine Wurzeln . . . S. 51*

Ein starkes Herz spricht leise. Es leuchtet von innen. *Begegnung mit Elly Ney S. 80*

Die *Unversehrbarkeit der Seele*, die eine Vorbedingung zum freude-erfüllten Leben ist, darf man in keinem Fall mit Dickhäutigkeit und Stumpfsinn verwechseln. In der griechischen Kulturgeschichte hat sich eine lehrreiche Anekdote aufbewahrt: Auf einem Schiff entstand Feuer. Alle Reisenden liefen entsetzt umher, schrien, rangen die Hände, sprangen vor Angst ins Wasser. Nur zwei Wesen verhielten sich vollkommen ruhig: der meditierende Philosoph und das fressende Schwein.

Die unversehrbare Seele ruht in sich selbst, in Gott, in einem absoluten Wert. Der Besitzer einer solchen Seele weiß, daß uns nur so viel gehört, als wir uns selbst mit unseren Händen erarbeiten, in unserem Geiste aufbauen, in unserem Herzen verschenken können. Verloren sind wir, wenn wir von der Erwartung leben, unsere Umwelt möge uns anerkennen und bewundern, verteidigen und beglücken. Selig sind die unversehrbaren Herzen, denn sie werden Sieger sein. *Mosaik . . . S. 92*

Entsagung – Verzicht

Den Entsagenden ist nichts versagt. Der unverlierbare Glanz der Freundschaft und der Liebe beginnt mit der Selbstentäußerung. Nur wer sein Ich vergißt, entdeckt das Du und das eigene Ich als neuen Kontinent. *Um des Menschen willen S. 134*

Entsagung macht ebenso reich wie Erfüllung. Es gibt schöpferische Entsagung, nur muß sie selbstgewollt und ohne Bitterkeit sein. Das Triebleben schweigt, in reiner, klarer Luft vollziehen sich im irdischen Staub unmögliche Dinge.

Denn das Wagnis . . . S. 303

Blühen und Früchtetragen ist ohne Verzicht undenkbar. *Jahre der Befreiung S. 261*

Wann werde ich das freudige Verzichten lernen? Das Aufgeben der tausend Wünsche, die in jeder Zelle meiner Leibseele wach sind? *S. 326*

In meiner Jugend wollte ich um jeden Preis glücklich sein, heute weiß ich, das Höchste, was man erreichen kann, ist das Gleichgewicht zwischen Wagnis und Verzicht. Nie resignieren, immer wieder wagen, auch ohne Hoffnung auf einen Sieg.

Aus einem Vortrag

Je weniger wir für uns verlangen, desto schöner ist das Leben. Das Entsagen fällt nur am Anfang schwer, wie jedes nicht geübte Ding. Man muß nur den richtigen Ton treffen, dann singt es sich leicht, den ersten Schritt tun, über den doppelten Feuerfluß des Begehrens und der Unduldsamkeit steigen. In Entsagung leben ist leichter, als von einer Unerfülltheit in die andere jagen. *Sieben Gäste S. 173*

Güte – Gutmütigkeit

Verwechseln wir Güte nicht mit einem der billigsten Gefühle, mit Gutmütigkeit. Der Gutmütige leiht dem Brandstifter seinen Benzinkanister, weil er niemandem eine Bitte abschlagen kann. Der Gütige baut, eigenes Wohl und Wehe nicht achtend, an der Herberge des Unbehausten.

Die Aufgabe des Dichters ... S. 29

Güte ohne Golddeckung der Tat ist Humanitätsduselei, leeres Geschwätz. Güte als Tat benötigt mehr Kühnheit als ein Verbrechen. Über die Güte als Wohlwollen, Anteilnahme, Hilfsbereitschaft, als geheimnisvoll veredelnde Kraft, die das Leben erst tragbar macht, über Güte als verstehendes, verzeihendes, schenkendes, hineinlauschendes Verhalten zum Mitmenschen habe ich in der Geschichte meines Lebens mehrfach berichtet. *S. 30*

Die Tatgüte, die sich um des anderen willen bis zur Entselbstung und Ekstase steigert und aus Liebe zum Mitmenschen die schrecklichsten Qualen auf sich nimmt, dem Urbösen, das keine Grenzen kennt, entgegentritt, hat sich in unserer Zeit der grellen Farben, mehr als uns bewußt ist, offenbart.

S. 31

Stetige Güte hat etwas betörend Unwiderstehliches, Freude erweckendes, allen Widerstand, alle Schmerzen Bezwingendes.

Nord- und südliches Gelände S. 264

Güte – Verstehen der menschlichen Schwächen, ein Wissen um das Gefährdetsein der Mitmenschen – ist nicht mit Liebe zu verwechseln. Liebe ist persönliche Zuneigung zu einem auserwählten Wesen . . .; Güte kann auch an Passanten verströmt werden. Unpersönlicher als Liebe ist Güte, eine Sympathie allen Mitmenschen gegenüber.

Über Liebe und Tod S. 121/122

Zur Selbstbeherrschung und Gerechtigkeit kann man sich und andere durch Vorbilder und philosophische Studien erziehen, kaum aber zu Güte, die wie die Heiterkeit und das musikalische Talent eine Gabe ist, die man vernachlässigen oder pflegen, sich aber nicht willkürlich aneignen kann.

In die Welt hinausgestrahlte Güte weckt schlummernde Keime in unbekannten Gärten. *S. 122*

Gutes tun, ohne Aussicht auf Trinkgeld in dieser und in der anderen Welt, ist das höchste Zeugnis des Menschseins. *S. 123*

Gedächtnisschärfe ist rühmenswert, jedoch nicht in allen Fällen: eine gute Tat vollführt, wer sie vergißt. *S. 126*

Eine neue, menschliche Generation würde heranwachsen, wenn im Geschichtsunterricht anstelle der Verherrlichung von Mordtaten, Vergewaltigungen und Expansionsgelüsten, und in den Literaturstunden anstelle des eisgekühlten Ästhetizismus und leblosen Formalismus die Verlebendigung mutiger Güte und christlicher Schönheit sich vollzöge. Ein einziges gelebtes Leben überzeugt mehr als Bände von Moralpredigten. *S. 129*

Die romanischen Völker haben ein unübersetzbares, südlichen Himmel in sich bergendes Wort: serenitas. Serenität ist nicht ein Hinüberplätschern über Nacht und Sterbestunden, nicht ein Sichverschließen vor unbeantwortbaren Fragen, nicht Sammlung zerreißende frivole Lustigkeit, nicht ein munteres Zerschwatzen zartester Seelenregungen, sie ist jenes milde Licht, das durch das Dach des herbstlichen Ahorn rieselt, das uns in Schuberts Forellenquintett entzückt und für das Mozart ein Synonym geworden ist. *Über Liebe und Tod S. 114*

Der Melancholische ist nicht das Gegenteil des Heiteren, dieses ist der Bewölkte, der über das kleinste Hindernis stolpert und zu keiner schöpferischen Tat fähig ist.

Heiterkeit trägt freudespendende Dinge heran, Verdrießlichkeit tritt sie nieder.

Fröhlichkeit des Geistes, so lehrte der heilige Francesco, ist das sicherste Mittel gegen die tausend Schliche und Fallen des Bösen.

Die Seelenfenster des niedergedrückten Menschen sind trübe, weder die Himmelssonne noch andere Sonnen können ihn erreichen. Dagegen kann der Teufel einem Knecht Christi gegenüber nichts ausrichten, wenn in diesem die heilige Fröhlichkeit des Geistes herrscht. Darum war es dem heiligen Franz von Assisi stets daran gelegen, ein heiteres Herz zu haben und jene Haltung zu bewahren, die vom Öl der Freude gespendet wird. Er floh die Seelennacht, wohl wissend: wo sich Traurigkeit festsetzt, wächst das Übel; und sofern es sich nicht in Tränen löst, bleibt ein dauernder Schaden.

S. 116/117

Den Geist mit dem Öl der Freude zu salben, war Dostojewskijs höchstes und letztes Lebensziel. Diesen heiteren Dostojewskij kennt man im Westen kaum, vielleicht darum, weil man sich nicht vorstellen kann, daß ein Höllenwanderer Schwefelgeruch und Finsternis abzuschütteln vermöchte. Aber gerade der Hintergrund der Hölle und Verzweiflung ist es, der der Heiterkeit ihren metaphysischen Kontrakt verleiht. Ohne diesen versinkt die Heiterkeit ins Idyllische. *S. 117*

Der Schwund der Heiterkeit – an ihre Stelle ist die Vergnügungssucht getreten – hat unserer Zeit die Todessignatur aufgeprägt. Heiter ist man im Zusammensein mit Freunden, nicht aber in der Masse. Der Kranich ist auch in einer Schar von Artgenossen Kranich, das Schaf behält sein Gesicht in der Herde, aber die zur Masse gedrängten Menschen verwandeln sich in Unmenschen. *S. 119/120*

Heiterkeit, Lebensbejahung und Sterbebereitschaft entschweren das Kreuz des Tages.

Für den Heiteren ist Dasein nicht Mühsal.

Über den Abgrund wandelnd, lächelt der heitere Mensch in den kurzen Pausen zwischen Leid und Verzweiflung. *S. 120*

Güte als wohlwollende Anteilnahme, Hilfsbereitschaft aus freier Regung, schenkendes und erwärmendes Verhalten zu den Mitmenschen – das ist der Grundton echter Menschlichkeit. Sie erscheint meist in Begleitung der Heiterkeit, ohne direkt von ihr abhängig zu sein. Es gibt nämlich auch gütige Menschen, die mürrisch sind, ja, ihre Güte schamhaft hinter einer Unhöflichkeit oder einem rauhen Wort verbergen. Güte ist die Unfähigkeit, jemanden zu beneiden, jemandem etwas Böses zu wünschen, sie ist Absage an Ruhmsucht und Rache, und sie ist die Fähigkeit, wo man keine Sympathie empfindet, vorüberzugehen. *S. 121*

Heiterkeit und Güte gehören zur Ordnung des Herzens.

Die Liebe wendet sich einem bestimmten Objekt zu, der Gütige ist jedem wohlgesinnt. Die Güte schließt Gerechtigkeit und Edelsinn als notwendige Voraussetzung in sich ein. *S. 126*

Vom Glück

Heute wie je weiß ich, daß Glück nichts Äußeres ist, sondern ein leises Singen der Seele, wie das zauberhafte stille Andante am Schluß der Beethovenschen E-Dur Sonate op. 109.

Die Tragödie des Menschen besteht darin, daß er zu geräuschvoll lebt, um dieses leise Singen zu vernehmen, und daß er die Hand nicht findet, die alles wägt. *Mosaik . . . S. 6*

Für die höchste Glückseligkeit gibt es keine Worte. Der Mensch wird zum Stern am Himmel, zur Blume auf der Wiese, schweigend nur kann er leuchten und blühen oder auch schweigend zu Grunde gehen. *Im Zuge des Lebens S. 272*

Je heftiger der Ansturm von außen, desto größer mein Verlangen nach Seelenruhe, nach Stille der Außen- und Innenwelt, die ein Sichversenken in die letzten Fragen ermöglicht, nach jener Lautlosigkeit, die voller Leben ist und die das unübersetzbare neugriechische Wort galine bezeichnet.

Jahre der Befreiung S. 13

Das Glück ist eine kleine Eisscholle. Schauen Sie nur hin, wie um jedes Eisstück ein Regenbogen flimmert, er glänzt in der Sonne jäh auf und plötzlich verschwindet er und nichts bleibt übrig.

Denn das Wagnis . . . S. 48

Gesundheit ist ein großes Glück (nur wenige, die es besitzen, sind sich dessen bewußt); ein noch größeres ist nur innerer Friede, wer ihn erkämpft, erlebt, einerlei ob jung oder alt, krank oder gesund, das Wunder göttlicher Nähe und beseligender Freiheit; aber immer wieder drängt sich das Ich vor, das Ich mit seiner Ungeduld, Antipathie, Unlust, Feigheit, Bequemlichkeitssucht. *Welteinheit . . . S. 158*

Lieben und Erkennen

Nicht in der Vernunft, im Herzen sucht Gott den Menschen und der Mensch Gott.

Nur wo das Gefühl von der kritischen Vernunft kontrolliert wird und die Vernunft schweigt, wenn es sich um die letzten Fragen handelt, erfüllt sich menschliches Leben.

Unklare Gefühle, trübes Wasser, löschen nicht den Durst, quellklare Sympathie erquickt, nüchterne Sachlichkeit löst schwerentwirrbare Knoten.

Man hüte sich, den Gefühlen freien Lauf zu lassen. Übersteigt die Temperatur der Emotionalität einen gewissen Grad, erlischt die Kritik der Urteilskraft, dann steht der Weg zum Irrsinn offen. Bei einem der Weisen unserer Zeit, C. G. Jung, las ich, daß auf einen manifesten Geisteskranken heute zehn latente Fälle kommen, und als ich daraufhin die Menschen meiner Umgebung beobachtete, mußte ich feststellen, daß der Züricher Psychiater erschreckend recht hat. *Auf der Schwelle . . . S. 71*

Beim vollentwickelten, gesunden Menschen halten irrationales Gefühl und Vernunft einander die Waage. Ein Abgleiten von der Schwelle ist hier besonders gefährlich.

Das Erkennen ist dem Sein, das Lieben dem Wert zugeordnet. Erkennend erfassen wir ein Ding als Sein, liebend als einen Wert. Wie Sein und Wert, so kann auch Erkennen und Lieben nicht auseinandergerissen werden. Jedem Erkennen geht ein Lieben voraus und die letzte Urkraft ist die Liebe. *S. 72*

Das Irrationale

Dostojewskij hat die Errungenschaften der modernen Psychologie vorweggenommen. Heute ist es eine allgemein bekannte Wahrheit, daß die entscheidenden Tätigkeiten des menschlichen Geistes nicht rational sind: im Menschen wirken unbekannte Kräfte, die mehr sind als er selbst. Daß dieses Unnennbare, das Übermächtige durch das Unbewußte zu uns spricht, hat Dostojewskij in mannigfachen Variationen dargestellt.

Ob von Dostojewskij beeinflußt oder unabhängig von ihm, hat einer der größten Kenner der menschlichen Seele, Carl Gustav Jung, einer der ehrlichsten und nüchternsten Gottessucher, der, über Wortgewinde jeglicher Theologie hinausgewachsen, durch den Glauben an das Absolute vor Zerrissenheit geschützt, die gleiche Erkenntnis in sein umfangreiches Werk eingemauert: „Wer nicht bereit ist, ein Geheimnis gelten zu lassen, das um so größer wird, je eifriger wir es umgrenzen, dürfte sich nicht mit Psychologie beschäftigen."

Nur wenn wir mit Ehrfurcht und Vertrauen den im Menschen waltenden, rational nicht erfaßbaren Schicksalskräften begegnen, können wir ihnen bis zu einem gewissen Grade gerecht werden. „Es ist wichtig, daß wir ein Geheimnis haben und die Ahnung von etwas Nichtwißbarem. Es erfüllt das Leben mit etwas Unpersönlichem, einem Numinosum. Wer das nie erfahren hat, hat Wichtiges verpaßt", heißt es bei C. G. Jung.

Welteinheit ... S. 152/153

Abgründe der Seele

Enttäuschung

Die Phantasie, die zu den unbezähmbaren Mächten gehört, schafft Menschen, die es in Wirklichkeit nicht gibt, und dadurch entstehen die schmerzhaften Enttäuschungen.

Jede Enttäuschung ist eine Selbsttäuschung, die durch den Gebrauch eines falschen seelischen Maßstabes entsteht.

Das Du können wir nicht ändern, wohl aber die Vorstellungen vom Du und die an es gestellten Erwartungen, – so lehrt der Verstand. Und er hat natürlich recht; trotzdem sticht bei jeder Enttäuschung, die uns ein geliebter Mensch zufügt, ein Dorn ins Herz, in die Schläfen, in die Magengrube.

Menschen sind ziehende Wolken. Ab und zu gewähren sie Schatten, ab und zu verdunkeln sie die Sonne der Freude, und alle gleiten einmal hinweg.

Enttäuschungen sind der beste Weg zum Kennenlernen. Nimm dich in acht vor jenen, die dich noch nie enttäuscht haben.

Nord- und südliches Gelände S. 400

Gleichgültigkeit

Gleichgültigkeit ist das größte Laster unserer Zeit, die zivilisierte Form der Roheit. Den blutrünstigen Gewalttaten der wilden Völker entspricht die stumpfe Teilnahmslosigkeit der zivilisierten Nationen, und es bleibt dahingestellt, wodurch mehr Menschen in den Tod gejagt wurden, ob durch Roheit oder durch Gleichgültigkeit.

Um des Menschen willen S. 174

Je reicher der schöpferische Geist, desto mehr wirkt er durch Persönlichkeit und Werk und um des Menschen willen.

Die indische Gleichgültigkeit dem Einzelschicksal gegenüber erscheint dem Europäer wie eine Entwürdigung des Menschen. *Welteinheit . . . S. 56*

Haß

Haß frißt wie Grünspan an der Seele, er ist gefährliches, lebentötendes Gift. *Denn das Wagnis . . . S. 84*

Wer die Religion und die unsterblichen Werke der Dichter vergleicht, den beglückt eine große Übereinstimmung.

Der Ewigkeitskern rundet sich nicht in einem Werk, das aus Haß und Spott zusammengesetzt ist. Haß und Verachtung haben eine zersetzende, nie und nimmer aber eine zeitüberdauernde Kraft. Ewig leben die Werke, in die der Same der Liebe gesät ist. *Welteinheit . . . S. 147*

Mit Groll im Herzen soll man nicht schlafen gehen. Wir wissen nicht, welche Nacht die letzte ist. Steine des Grames, Mörtel des Hasses pflastern den Weg zur Hölle. *Birkenborke – Benjamin*

Das Wesen der Langeweile

Der Vater der Langeweile ist das Nichts, die Mutter die Leere. Tiere langweilen sich nicht, wie sie auch keinen Selbstmord begehen. Der banale Satz: sich zu Tode langweilen, hat einen tiefen Sinn. Erfüllte Zeit ist Muße; totgeschlagene Zeit – und wie zäh ist diese bisweilen – Langeweile. Dolce far niente heißt süßes Nichtstun, die Langeweile aber ist versauertes Dahindösen, innere Lähmung ohne Einfälle und Entschlußkraft.

Die innere Substanz- und Haltlosigkeit ist nicht nur die Ursache vieler psychischer Krankheiten. Der sich Langweilende wird von Ungemach aller Art eher befallen, als der in Spannung Lebende. In der Medizin spricht man vom Pensionierungstod, d. h. einem Tod, der sich einstellt durch ein dauerndes Gefühl des Unnütz- und Überzähligseins. Der sich Langweilende lebt in einem Niemandsland, das keinen Herrn und Beschützer hat und keinem allgemeingültigen Gesetz unterworfen ist.

Die Langeweile ... S. 28

Wer liebt, langweilt sich nie. „Wer nur eine Seele sein nennt auf dem Erdenrund“, ist, wie sehr er auch leide, nie und nimmer in einen leeren Raum eingeschlossen. S. 29

In unserer materiell übersättigten, geistig unterernährten Zeit führt über den Sumpf der Melancholie, die uns alle je und je befällt, ein Steg; das harte Gestein des Schmerzes durchbricht ein Tunnel und über den reißenden Strom der Verzweiflung läßt sich eine Brücke bauen – das ist die Arbeit. Wer den alttestamentalischen Fluch der Arbeit in Segen verwandelt, ist gerettet. S. 47/48

Durch die Verpflichtung dem Du gegenüber wird die Selbstentfremdung, eine der unzähligen Variationen der Langeweile, aufgehoben.

Die sinnreichste und schönste Arbeit ist fraglos die schöpferische. Ein Tag, an dem ich keine Musik gehört habe, ist ein dürrer Tag; ein Tag, an dem ich nicht wenigstens einige Sätze aus einem geliebten Buch gelesen habe, ist ein hungriger Tag; und an der Bilderausstellung Gottes wie an den Gemälden der großen Meister kann sich mein Auge nicht satt sehen.

Allein das höchste Kunstwerk ist und bleibt der lebendige Mensch. *S. 50*

Die Öde des Lebens überwindet, ein menschliches Leben führt, wer Himmel und Erde in sich vermählt, wer das Innengesicht mit dem Außengesicht in Einklang bringt und das denkende Herz verlebendigt.

Wir tun viel, um unser Leben zu erhalten und zu verlängern, lassen Sie uns einiges tun, damit es wert wäre zu leben. *S. 29*

Das Sichlangweilen ist ein wurzelloses, von Vergangenheit, Umwelt und Überwelt abgetrenntes Dahindämmern, Kontaktlosigkeit, das Fehlen der aktiven Phantasie, die Unfähigkeit der Zuneigung einem Menschen, einem Ding, einem Tier gegenüber. *S. 64*

Das Leid

In der Bequemlichkeit des Alltags, im trauten Heim, bei der Lampe Schimmer, unterscheiden sich die Menschen wenig voneinander. Doch sobald das Haus über uns zusammengestürzt ist und wir mit Coriolan auf die Frage, wo wir wohnen, antworten: „Unter dem Firmament", wenn wir nichts mehr besitzen als das Eigentum der Seele, dann ist Edelsinn von Gemeinheit leicht zu unterscheiden. Es gibt Menschen, die im Schmerz so groß sind, daß ihre unmittelbare Nähe, ihre bloße Gegenwart schon Erhebung bedeutet.

Leid zwingt zur Selbstbesinnung. Wer nicht durch die Schule des Leids gegangen ist, steht vor dem Lebensbuch wie ein Analphabet.

Das Leid ist die notwendige Voraussetzung zur Verständigungsbrücke zwischen Mensch und Mensch. *Mosaik ... S. 64*

Weil ich meine Freunde so sehr liebte, sie nicht missen wollte und mich ohne sie wie ein dürrer Baum ohne Blätter fühlte, öffnete ich im Vorhang, der mein Inneres verdeckte, nie mehr als einen Spalt: ein Übermaß an Schmerz wirkt abstoßend.

Denn das Wagnis ... S. 337

Ich habe euch vom Schmerz erzählt, immer wieder vom Schmerz, auch wenn ich von der Freude sprach, aber wisset, nur die kleinen und nichtigen Schmerzen sind mitteilbar, der große Schmerz ist unsagbar. *S. 528*

Wie wir durch den physischen Schmerz unseren Körper kennenlernen, so durch das Leid die Seele, die eigene und die des anderen.

Im Anfang war die Freude S. 59

Das Leid ist nicht ein Wert an sich. Es kann Kreuz, Flügel, aber auch Henkerstrick sein.

Wird es im Namen eines Höheren ertragen, wird es von einer höheren Idee überwölbt, ist es der zu zahlende Preis für allgemein menschliche oder individuelle Werte, dann hat das Leid einen tiefen Sinn.

Sieben Gäste S. 184

Ist eine Pein maßlos, wird die Seele stumm. Aus Tränen und ertragbaren Schmerzen macht man Lieder, in einem Ozean von Schmerzen ertrinkt auch der größte Sänger. *Die weite Fahrt S. 106*

Unter den verschiedenen Arten des persönlichen Leids ist das schärfste und ätzendste die Grablegung einer Liebe. Liebe ohne Gegenliebe steigert alle inneren Möglichkeiten. Die unerreichbare Dulcinea begeisterte Don Quichotte zu immer neuen Heldentaten. Bedauernswert ist nicht derjenige, dem die Geliebte nicht in der Sprache der Liebenden antwortet, bedauernswert ist, wem die Fähigkeit zu lieben versagt ist.

Wie es amusische, der Kunst gegenüber vollkommen unempfindliche Menschen gibt, so gibt es auch Menschen, die nicht zu lieben verstehen, denen nicht nur Ovids „Ars amandi", sondern jegliche Kunst des Liebens ein mit sieben Siegeln verschlossenes Buch ist. Theresa de Jesus hat einmal so wunderbar gesagt, ihr täte der Teufel leid, denn er vermag nicht zu lieben. Jede Liebe, ganz gleich, ob es eine glückliche oder unglückliche ist, bereichert. Auch in unserer Inferno-Zeit geschehen Wunder, wo reine Herzen sich in dienender Liebe verschenken. Vielleicht leben wir nur insoweit, als wir lieben, und nur durch die Menschen, die wir lieben.

Mosaik . . . S. 65

Für den östlichen Menschen hat das Leid eigene Freuden. Wie sich in der Stunde des Sonnenuntergangs der Himmel öffnet, so im Leid das Herz des Menschen. Der Leidende erlebt unmittelbar Gottesnähe, die der Verschonte nur aus Nacherzählungen kennt. Wer gelitten hat, versteht die Sprache des Himmels und der Erde. Wer nicht gelitten hat, ist nicht Mensch zu nennen.

Ohne Leiden kein Weg zu Gott. Der westliche Mensch ist wie ausgedörrt, er kennt nicht das Weinen des Herzens, das den Menschen innerlich erneuert, läutert, ihn zu Gott bringt, ein Stehen vor Gott ermöglicht. *Auf der Schwelle . . . S. 70*

Alle lebende Kreatur leidet, doch nicht der Schmerz an sich ist das Entscheidende, sondern die Art und Weise, wie man ihn trägt. *Mosaik . . . S. 54*

Das Leid veredelt – so pflegt man zu sagen, doch, wie mich dünkt, mit Unrecht. Wir leben in einer Zeit, in der das Leid über den einzelnen Menschen, über fast alle Völker Europas, über den ganzen Erdenball wie eine alles fortschwemmende Sintflut rauscht. Aber wer würde es wagen zu sagen, daß dadurch ganze Völker oder auch nur einzelne Menschen besser geworden sind; und Besserwerden heißt – mitleidiger, ehrfürchtiger werden. *S. 62*

Das Leid ist nicht der Veredler der Menschheit, es ist das Thermometer des Edelsinns: es offenbart die wahre Gesinnung, das bessere Ich, das höhere Bewußtsein, die Gott- und Tierverwandtschaft.

S. 63

Das Leid ist die notwendige Voraussetzung zur Verständigungsbrücke zwischen Mensch und Mensch. Ehe man jemand verurteilt, sollte man es stets ergründen, was er gelitten. Wenn du erfährst, warum dein Nachbar in einsamer, nächtlicher Stunde geweint hat, so kann es sein, daß er sich von einem Zufallsbekannten zu deinem Schicksalsgenossen verwandelt, oder gar aus deinem Feind zum Freunde. *S. 64*

Melancholie

Nicht die Verzweiflung ist der gefährlichste Seelenzustand, sondern die Melancholie. Der Verzweifelte kämpft und hofft noch, der von der Melancholie Niedergedrückte hat dem Kampf entsagt und die Hoffnung, den Schild, den Prometheus den Eintagswesen zum Schutz gegen unermeßliches Leid mitgegeben hat, verloren. Ein Leben ohne Hoffnung ist die Hölle. In dieser Hölle lebt der Melancholiker, oft kennt er nicht die Ursache seines Schmerzes, er sucht sie auch nicht; er läßt sich auf den dunklen Gewässern seiner schwarzen Stimmungen treiben, ohne auch nur den Versuch zu machen, an das Sonnenufer zu gelangen.

Mosaik . . . S. 74

Ich habe manche Krankheit überwunden, an vielen gelitten, aber die schwerste von allen ist die Melancholie, gegen die Ärzte noch kein Mittel erfunden haben und die schon den alten Griechen bekannt war. Die Blumen duften nicht mehr, die Sonne ist dunkel. Man fragt sich, warum atmest du noch? Dein Geschreibsel – Spuren eines Huhnes im Sande. Ehe du das im Geiste Erschaute niedergeschrieben hast, ist es schon erloschen. Aus Angst vor bösen Träumen fürchtest du dich, einzuschlafen. Aus Angst vor den zu tragenden Steinen zögerst du, am Morgen aufzustehen.

Musik – nur ein Geräusch. Du zerschlägst den Spiegel aus Widerwillen vor dem eigenen Gesicht. Die Glassplitter fallen zu Boden, das Bild bleibt und grinst dich an. Du hast keine Kraft, mit dem unbegreiflichen Gott zu kämpfen. Aus der Schöpfungstotalität gelöst, verlierst du die Verwurzelung in den das menschliche Leben bestimmenden Normen. Ein unzweideutiges Wissen nur um den Tod. Aber du bist zu schlaff, um ihm aus eigener Initiative die Hand zu reichen. *Abenteuer des Menschseins S. 162*

Die Seelenfenster des niedergedrückten Menschen sind trübe, weder die Himmelssonne noch andere Sonnen können ihn erreichen. Dagegen kann der Teufel einem Knecht Christi gegenüber nichts ausrichten, wenn in diesem die heilige Fröhlichkeit des Geistes herrscht. Ist einem jedoch weinerlich zumute und meint er in seinem Kummer verlassen zu sein, so reibt ihn entweder die Traurigkeit wund oder er wendet sich eitlen, kurzlebigen Vergnügungen zu. Darum war es dem heiligen Franz von Assisi stets daran gelegen, ein heiteres Herz zu haben und jene Salbung zu bewahren, die vom Öl der Freude gespendet wird. Er floh die Seelennacht, wohl wissend: wo sich Traurigkeit festsetzt, wächst das Übel; und sofern es sich nicht in Tränen löst, bleibt ein dauernder Schaden.

Über Liebe und Tod S. 117

Schmerz

Die Erfahrung lehrt uns, daß das Leiden im Leben meistens überwiegt. Mit einem Schmerzensschrei wird der Mensch geboren, und daß jemand lächelnd ins Jenseits hinübergeht, davon wird nur selten berichtet. Der Mensch trägt einen unstillbaren Lebenshunger in sich und ist doch ausnahmslos zum Tode verurteilt. Diese Tatsache allein zeugt schon davon, wie traurig es mit seiner Glücksbilanz bestellt ist. Schaut man auf das gesamte Menschenleben, ohne einen rosigen Schleier darüber zu breiten, so ist man gezwungen zu erkennen, daß Sonnenaugenblicke mit schmerzbewölkten Tagen und sternenlosen Nächten wechseln; von hundert Wünschen wird nur einer erfüllt, und meist ist die

Erfüllung mit Enttäuschung verbunden.

Mosaik ... S. 47

Wenn wir uns theoretisch auch einen Menschen vorstellen können, der sein ganzes Leben glücklich gelebt hat, anerkannt, reich, frei und gesund gewesen ist, so ist er dennoch der Macht des Schmerzes unterworfen, vorausgesetzt, daß sein Inneres eine Tiefendimension besitzt. Wenn ihn auch leibliche und seelische Schmerzen, Treulosigkeit geliebter Menschen, die Stumpfheit der Umgebung nicht gequält haben, so kennt er sicher die Pein metaphysischer Schmerzen: das Weh über die Ungerechtigkeit und Unvollkommenheit des Lebens, über die unfaßbaren Launen des Schicksals, über die Tyrannei des Todes. *S. 50*

Der Schmerz ist die unbarmherzigste, wirklichste Wirklichkeit, ein Teil unseres Lebens, an dem keiner von uns zweifelt. Die äußeren Umstände haben wir nicht in unserer Gewalt, nur in geistiger Hinsicht kann der Mensch sein Leben zu dem machen, was er will. Aber er muß den „geheimnisvollen Weg nach Innen", von dem schon Novalis sprach, betreten.

Vor lauter Interesse an der Außenwelt haben wir das Leben vergessen, das uns vom Tier unterscheidet. Wenden wir unseren Blick nach innen, also der Wirklichkeit zu, die übrigbleibt, wenn wir die Außenwelt abstreifen. „Der Mensch ist ein metaphysisches Tier", hat Schopenhauer gesagt. Werden die metaphysischen Neigungen nicht gepflegt, nimmt das Tier überhand, denn der Mensch ist leider so geartet, daß seine Neigungen und Fähigkeiten, die er nicht ständig pflegt, sich gar schnell zurückbilden. *S. 53/54*

Die Stellung zum Schmerz kann eine dreifache sein: erstens die des wahren Christen, zweitens die des heroischen Menschen, den ich auch den Lebensbejaher und Bergsteiger nenne, und drittens, die des Positivisten. Dieses kleine Schema darf allerdings nicht zu buchstäblich aufgefaßt werden. Thesen und Antithesen pflegen die Wahrheit zu vereinfachen. Keine Formel vermag die Seelenwirklichkeit vollkommen zu erschöpfen, und doch müssen wir einige gebrauchen, um uns verständlich zu machen. *S. 54*

Der Unterschied zwischen seelischem und körperlichem Schmerz ist ein gewaltiger: physische Wunden verheilen; je mehr Zeit verstreicht, desto unsichtbarer wird die Narbe; allein der Seelenschmerz wird mit der Zeit immer tiefer, gefährlicher und drohender.

Das Leid braucht Zeit, um sich in unser Inneres einzunisten, sich dort heimisch niederzulassen, alle Zellen unseres Wesens zu durchdringen. *S. 62*

Schmerz und Elend entkleiden den Menschen, reißen alle Schleier und Masken von seinem Antlitz; seine Kleinheit, Erbärmlichkeit, Häßlichkeit, seine

Bestialität tritt erschütternd zutage: doch auch seine Größe, sein Edelsinn, seine Erhabenheit. Sage nie, daß du einen Menschen kennst, eh' du ihn in tiefem Leid gesehen.

Das Leid ist nicht der Veredler der Menschheit, es ist das Thermometer des Edelsinns: es offenbart die wahre Gesinnung, das bessere Ich, das höhere Bewußtsein, die Gott- und Tierverwandtschaft.

S. 63

Der Durchschnittsmensch geht im Leid unter, er wird gleichgültig, blind oder taub gegen seine Mitmenschen. Auf den schwachen Menschen wirkt es verheerend. Der Egoist wird durch das Leid noch selbstsüchtiger, der Harte noch härter, der Krämergeist noch berechnender und mißgünstiger.

Den kleinen Menschen verkrüppelt der Schmerz, den großen verklärt er. *S. 63/64*

Wenn der hehrste Schmerz der tragische ist, der in den Tragödien der alten Griechen und Shakespeares seinen vollendeten Ausdruck gefunden hat, dann ist der primitivste Schmerz in den Äußerungen des Elends zu suchen.

Der tragische Schmerz vermag den Menschen auf eine unerhörte Höhe emporzuheben, ihn gottähnlich zu machen; das Elend dagegen drückt ihn herab, macht ihn dem Tiere gleich, das nur die Sorge um seine Existenz kennt.

Wer wochenlang, ja monatelang auf der Landstraße gelebt, in Scheunen und Garagen, der weiß, wie das Elend die kostbarsten Seelengewänder zerreißt. *S. 73*

Im Schmerz und vom Schmerz kann man nicht leben. Der Schmerz ist etwas, das überwunden werden muß. Auf welche Weise ist das möglich? Mir sind dreierlei Wege bekannt:

Das Bewußtsein der Gemeinsamkeit mit allen Schicksalsbrüdern mildert den Schmerz. Wenn alle vom Leid heimgesucht sind, wie darf ich dann so hoffärtig sein und für mich allein eine Ausnahme beanspruchen? Goethe, der ein ausgesprochenes Gemeinschaftsgefühl besaß, hat den Satz geprägt: „Eigenes Geschick geht mir nicht nah, da ich Königinnen weinen sah."

Der zweite Weg liegt im Bewußtsein der Vergänglichkeit aller irdischen Dinge.

Wie ein Zauberspiel, wie eine Fata Morgana, wird nicht nur unser eigenes Leben, sondern der ganze Erdenball in Staub zerfallen – diese dichterische Vision ist heute wissenschaftlich bewiesen.

Der dritte Weg zur Überwindung des Schmerzes ist die Arbeit. Arbeit gestattet nicht ein Sich-Hineinbohren in den Schmerz, Arbeit ist der beste Zeitvertilger, und im Schmerz meint man ja, die Zeit stehe still. *S. 75/78*

Ein Dahindämmern im Schmerz, ein Leben für den Schmerz ist menschenunwürdig.

Wir dürfen aus unserem Schmerz nicht Fesseln

schmieden, die uns an Verzweiflung und Melancholie ketten, wir müssen tief in ihn hinabsteigen wie in den dunklen Bergschacht, ihn ganz durchleben, um aus ihm Marmortreppen zu meißeln, die uns in den Tempel der Freude führen. *S. 80*

Traurigkeit und Tränen

Traurigkeit kann man nur überwinden, indem man zu ihr einen Abstand findet und Selbsterlebtem wie der Erzählung eines Fremden lauscht.

Die weite Fahrt S. 13

Heitere Trauer – höchste Vollendung der Persönlichkeit. Du kannst dein hartes Schicksal nicht ertragen, liebe es und der Dornengürtel schwindet.

Nord- und südliches Gelände S. 75

Mit meinen schwachen Kräften habe ich die Flut der Traurigkeit aufgehalten. In geduldiger Stetigkeit, die leider nicht immer heiter war und leider noch nicht das Epitethon heroisch verdient, habe ich mein Werk im Glauben an das Göttliche und Geistige im Menschen fortgesetzt.

Jahre der Befreiung S. 438

Tränen sind nicht ein Zeichen von Schwäche, sie sind ein Beweis dafür, daß das Innere des Menschen noch nicht vertrocknet und verödet ist.

Mosaik . . . S. 41

Das Naß der Tränen bewahrt das Herz vor dem Verbrennen im Feuer des Schmerzes.

Im Zuge des Lebens S. 355

Tränen, die man gemeinsam weint, spülen das Weh in den Ozean des Vergessens.

Denn das Wagnis ... S. 155

Edle Menschlichkeit

Demut

In der deutschen Sprache hängt Demut mit Dienstmut zusammen. Zum freiwilligen Dienen gehört mehr Mut als zum Herrschen und Befehlen.

Demut ist Auslöschen des eigenen Ich gegenüber dem Du.

Demut ist hellhöriges Verstehen, bedingungslose Annahme des Andersgearteten, Demut ist kniende Liebe, Ehrfurcht vor dem Hilflosen. Anerkennung des Nichtzubegreifenden. Sie besteht nicht in der Bereitschaft des Willens, eine Pflicht, ein Vernunftgebot zu erfüllen. Sie ist eine angeborene Gabe.

Die Marmortreppe S. 16

Demut ist nicht ein Zeichen von Schwäche oder Feigheit, sondern von innerer Freiheit, seelischer Stärke und Unverletzbarkeit. Der Demütige trägt auch das Untragbare ohne Auflehnung und besitzt die Voraussetzung zum Erlebnis des Numinosen. Demut besitzt, wer vor unlösbaren Fragen schweigt im Bewußtsein, daß der Weltenplan durch menschliche Vernunft nicht zu ergründen ist. Untrennbar ist sie mit Einfachheit verbunden, mit jener unnachahmlichen Einfachheit, in der Matthäus, Markus, Lukas und Johannes ihre Botschaft der Welt gebracht haben. Für Leo Tolstoi waren die Evangelien, abgesehen vom religiösen Gehalt, rein stilistisch Vorbild und Vollkommenheit. Er definiert: Einfachheit ist Demut vor Gott. *S. 17*

Der Demütige, der sich von der Selbstheit befreit, vereinigt sich mit Gott. Je demütiger jemand ist, um so freier und stärker ist er. *S. 18*

Demut, ein Wert, der das menschliche Sein vollendet, gehört zu den Transzendentalien, die auf intellektuellem Wege nicht erfaßt werden können (daher die Verhöhnung der Demut von seiten der Intellektualisten).

Demütig ist, wer trotz Feinempfindsamkeit Kränkungen hinnimmt, ohne sich zu rächen, ohne sich igelhaft zusammenzurollen, wohl wissend, daß in irdischen Grenzen niemand vollkommen ist, am wenigsten wir selbst.

Der Träger aller Tugenden ist der Wille, der Träger der Demut – das Herz. Sie ist nicht ein Zeichen von Schwäche oder Feigheit, sondern von innerer Freiheit und Unverletzbarkeit.

Die Demut ist nicht zu verwechseln mit Unterwürfigkeit, die einen unangenehmen Beigeschmack hat, und schon gar nicht mit Dienstbeflissenheit. Wer würde z. B. Christus dienstbeflissen nennen?

Welteinheit ... S. 72

Demütig ist, wer im Konzert der Weltsymphonie nie und nimmer den ersten Platz für sich beansprucht: auch von der letzten Reihe sind die ewigen Klänge zu erlauschen.

Demütig ist, wer vor unlösbaren Fragen schweigt, denn der Weltenplan ist durch menschliche Vernunft nicht zu ergründen.

Zur Demut ist fähig, wer mehr als nur sein Ego wahrnimmt. Der Fanatiker sieht die Welt durch eine schmale Schießscharte in der ihn umgebenden fensterlosen Mauer, der Spießer vom Klubsessel aus, d. h. vom Standpunkt der unantastbaren Bequemlichkeit. Beide sind der Demut gleichermaßen fremd.

Demütig ist, wen das Leid des anderen, des Nächsten und Fernsten, auch wenn man es am eigenen Leib nicht erlebt hat, wie das eigene schmerzt.

Dostojewskij sagt: „Demut ist die allerschrecklichste Kraft, die es auf der Welt gibt", mit anderen Worten: die Kraft, die zu guter Letzt immer siegt.

Der Demütige geht im Miterleben auf, er reißt den

Stacheldrahtzaun zwischen dem Ich und dem Du nieder. *S. 73*

Ehrfurcht

Ehrfurcht wurzelt im Glauben, daß uns Menschen eine göttliche Kraft innewohnt, die alle verbindet und der sich alle unterwerfen müssen. Ehrfurcht ist das Eigentum feinbesaiteter Seelen. Wer es besitzt, versteht schweigend zu verehren, und er weiß, daß die tiefsten Dinge nicht in Worten auszudrücken und die teuersten nicht für Geld zu haben sind. *Mosaik . . . S. 16*

Das Gefühl der Ehrfurcht ist der Gegensatz zum Nützlichkeitsprinzip. Wer beim Prinzip der Nützlichkeit verharrt, wird niemals einsehen, warum die an Werktagen leeren Kirchen nicht zu Speisehäusern und die weiten Friedhöfe nicht zu sportlichen Veranstaltungen ausgenutzt werden können. *S. 17*

Ehrfurcht ist mit Treue verbunden. Don Juan liebte ohne Ehrfurcht und daher war er auch seinem innersten Wesen nach treulos. *S. 18*

Tief ist seine Ehrfurcht vor dem Unerklärlichen wie in der Kunst so im menschlichen Geschick, das sich vernunftmäßig weder errechnen noch begreifen läßt. *Welteinheit . . . S. 78*

Auch dem allseitig geschliffenen Verstand bleibt ein Teil der Welt verschlossen: das Geheimnis des Lebens und des Todes; das Geheimnis der Liebe ist durch die Vernunft nicht zu lösen, nur im ehrfürchtigen Schweigen läßt es sich erahnen.

Mosaik . . . S. 16

Der ehrfürchtige Mensch ist stark, dankbar und treu. Der Schwache fürchtet, daß er beim Neigen des Hauptes stolpern oder gar fallen könnte; beugt er das Knie, so meist nur, um Sand in die Hand zu nehmen, den er dem Heroen des Geistes in die Augen streut. Der Starke weiß, daß wahrhaft empfundene Huldigungen emporheben.

Das Große und Schöne ist für den Ehrfürchtigen nicht etwas Selbstverständliches, sondern ein unverdientes Gnadengeschenk. *S. 18*

Goethe hatte ein so ausgesprochenes Gefühl für Größe, daß er selbst im Feinde Größe achtete. Er kannte Ehrfurcht vor der Natur, der Kunst, dem Tode, dem Heiligtum des Schmerzes, vor dem Ich und vor dem Du, vor dem unergründlichen Schicksal, den unübertretbaren Grenzen, den lichten Mächten und dunklen Dämonen.

Am stärksten aber wirkt seine durch die Strahlkraft des Geistes hoch über den Alltag emporgehobene, durch Treue und Dankbarkeit vergüldete Ehrfurcht in der Liebe. *S. 29/30*

Der ehrfürchtige Mensch darf sich selbst für das

Beste halten, was Gott und Natur hervorgebracht haben, ohne durch Dünkel und Selbstheit ins Gemeine gezogen zu werden. *S. 29*

Mitleid

Wenn es irgendeine Pforte gibt, durch die wir ins Innere des Menschen eingehen können, so heißt diese Pforte: Mitleid.

Im Mitleid eröffnet sich uns die Seele unseres Nächsten wie eine Knospe in der Sonne. Mitleiden schafft einen unsichtbaren Leitungsdraht, der die Erlebnisse unserer Mitmenschen unmittelbar zu uns herüberleitet.

Mitleid ist von Rührseligkeit und Wehleidigkeit zu unterscheiden. Der Wehleidige wird beim Anblick von Wunden und Blut ohnmächtig, der Mitleidende beugt sich über den Kranken und pflegt ihn.

Der Rührselige weint in einem Rembrandt-Film, in dem die Lebenstragödie des Meisters zur Unterhaltung herabgewürdigt wird.

Nach Hause zurückgekehrt, verschließt er die Türe seines Hauses und Herzens, auf daß der hungrige Wanderer seinen reichgedeckten Tisch nicht sehe und seine Behaglichkeit nicht störe.

Mosaik . . . S. 19

Mitleid ist der Lebensnerv der christlichen Religion, der Religion der Liebe. *S. 23*

Wie Goethe dem Kult der Ehrfurcht huldigte, im gleichen Maße huldigte Dostojewskij dem des Mitleids.

Wahrhaft liebt nur, wer seinem Mitmenschen das Kreuz tragen hilft – dies ist der Inbegriff und das Kerngehäuse aller Werke Dostojewskijs. *S. 32/33*

Nur durch das Mitleid erhält die Liebe ihre Tiefe, durch die Ehrfurcht ihre Höhe. Im Giotto-Turm der Seele Dantes, meines ewigen Begleiters, läuten zwei mächtige Glocken: Ehrfurcht und Mitleid. Wo sie walten, fallen Religion und Kunst zusammen. *S. 42*

Ehrfurcht vor dem Andersartigen, Niedergetretenen und Zermalmten ist Demut. *Welteinheit . . . S. 73*

Salbungsvolles Bedauern und Jammern erniedrigt. Das einzig wahre Mitleid ist die Tat. Und das Höchste – ein bewunderndes Mitleid. Nur ein phantasiebegabtes Wesen vermag mitzuleiden. Nur die von Phantasie beschwingte Seele erschauert bis ins Tiefste auch von dem Leid, das sie selbst nicht erfahren hat. Der phantasielose Mensch übersieht bestenfalls die Ereignisse seines eigenen Lebens. Phantasielosigkeit ist Kurzsichtigkeit der Seele. Der Phantasiebegabte besitzt ein Fernrohr, mit dem er Welten erforscht, in denen er nie gewesen. Phantasielosigkeit ist nur ein anderes Wort für Trägheit und Dürre des Herzens; man ist zu faul und zu bequem, um sich das Leid der Fern- und Nahwelt vorzustellen. Die Grausamkeiten unserer Zeit sind zum größten Teil auf Phantasielosigkeit zurückzuführen.

Die einseitige intellektualistische Einstellung der letzten Jahrzehnte hat die Phantasie getötet, unser Leben verödet und die Beziehungen von Mensch zu Mensch bis zur Notdurft herabgewürdigt.

Mosaik ... S. 22

Weder der nach Macht und Besitz verlangende Wille noch die Feuersbrunst der Sinne hebt den Fluch der feindlichen Fremdheit der Geschlechter, die Haßliebe auf. Nur die wahre, erlösende, ich-du-verschmelzende Liebe offenbart sich im Mysterium des Mitleidens, das den Menschen transparent macht.

Die drei Kardinalauffassungen der Liebe sind für den abendländischen Menschen durch Dante, Stendhal und Dostojewskij festgelegt worden. Für Dante liegt das Wesen der Liebe in Bewunderung und Anbetung, für Stendhal ist sie eine Quelle differenzierten Genusses, für Dostojewskij das gemeinsame Tragen des Kreuzes. Die Auffassungen der anderen Schriftsteller sind auf diese drei Grundformen zurückzuführen. *Dostojewskij S. 226*

Dostojewskij wußte aus eigener Erfahrung, daß der stärkste, allesbesiegende Mut die Demut ist: wer sich erkühnt, das Leben seines Mitmenschen zu teilen – und Leben ist ein Synonym für Leiden – zerschlägt die Glaswand, die weder der Wille zu zertrümmern noch die Vernunft abzubauen noch die Wollust zu zerschmelzen vermag. Der Kernpunkt des Mitleidens ist in der Frage beschlossen: bin ich würdig, den Schmerz meines Mitmenschen zu teilen? Gott hat jeder Kreatur eine einmalige Seele verliehen, und nur die Kraft der Einfühlung sprengt die undurchdringliche Schale. „Wie tief ein Mensch leidet, kann der andere nie erfahren", heißt es in den „Brüdern Karamasow". Verstandesmäßig kann man das nie ergründen, mitleidend erahnt man es.

Eigentlich müßte man Mitleiden von Mitleid unterscheiden: Wir bemitleiden einen Bettler, aber wir leiden mit einem Märtyrer. Im Mitleid lassen wir den Leidenden seine Hilflosigkeit fühlen und sind, vielleicht unbewußt, stolz darauf, vom Schicksal bevorzugt zu sein; leiden wir aber mit einem Menschen, so bewundern wir seine lastentragende Kraft. Wesentlich ist, daß wir im Mitleid, das Passivität zuläßt, auf unseren Mitmenschen herabblikken, im Mitleiden dagegen zu ihm emporschauen und uns für das zu tragende Kreuz mitverantwortlich fühlen. Im Deutschen verwischen sich beide Ausdrücke, in anderen Sprachen, im Russischen, Französischen, Englischen, auch im Lettischen, hat jedes dieser Gefühlserlebnisse eine eigene Bezeichnung. *S. 227*

Seit es Dichter gibt, haben sie dafür gekämpft, daß das Leben menschlicher werde, d.h. toleranter, ehrfürchtiger, demütiger, mitleidiger. Und wenn dieser Gedanke uns erhebt, so beschleicht uns tiefe Niedergeschlagenheit bei dem Bewußtsein, daß die Menschen seit Sokrates' Tod kaum etwas hinzugelernt haben, jedenfalls nicht in dem höchsten Ausdruck der Menschlichkeit – in der Toleranz.

Um des Menschen willen S. 68

Ein engverstellter, ausschließlich europäischer Horizont ist heute nicht mehr tragbar, ganz zu schweigen von einem fanatisch nationalen. Wer nur sich sieht, sieht nichts. Weder Europa noch Amerika, weder Asien noch Afrika genügen sich selbst.

Will der Mensch das Fortbestehen der Menschheit, muß jeder Einzelne sich innerlich ändern und einsehen: Entweder werden wir alle miteinander gerettet oder wir gehen alle unter. *Welteinheit . . .* S. 8

Wahre Einheit beruht nicht auf Gleichmacherei, sondern auf Anerkennung der Mannigfaltigkeit, auf freiem Wettbewerb, auf tolerantem Zusammenwirken verwandter und gegensätzlicher Kräfte.

Fruchttragende Wechselwirkung der Kulturen ist nur auf der Ebene der gegenseitigen Sympathie möglich, nur in der Atmosphäre des Wohlwollens und der Freiheit. S. 11

Die Welt ändert sich nicht durch ein Erdbeben oder andere kosmische Ereignisse, sondern durch das Wagnis Einzelner, die den Mut zur Einsamkeit haben, d.h. den Mut, den eigenen Weg zu gehen und andere Gedanken als die Mitwelt zu denken. Ist die Zeit ihr Mitarbeiter, dann scharen sich um diese Einsamen einige andere und bereiten den Weg zu einer Wandlung im Guten oder Bösen vor. *S. 56*

Die Natur des Tieres ist Gewalt, das Gesetz des Menschen – Gewaltlosigkeit. Je höher die Stufe, auf der ein Mensch steht, desto weiter müßte sein Horizont, desto toleranter seine Haltung sein. Christus hat seinen Jüngern Gewaltlosigkeit ans Herz gelegt: „Denn Gott hat seinen Sohn nicht in die Welt gesandt, daß er die Welt richte, sondern daß die Welt durch ihn selig werde." *S. 62*

Um für die Welteinheit zu wirken, muß der Einzelne, ebenso wie auch ein Volk über sich selbst hinauswachsen.

Der Sinn des Menschseins besteht nicht in der Leugnung der Individualität, noch weniger in ihrer Übersteigerung, sondern in der Unterwerfung unter ein göttliches Gesetz.

Was das Individuum im Gemeinschaftsleben bedeutet, bedeutet ein Volk im Weltenraum. Sprach man früher von der Liebe und Verpflichtung dem Nächsten gegenüber, meinte man damit die eigene Familie, den Nachbarn, das eigne Volk; heute ist es der Mitmensch – unabhängig von sozialem Stand,

Konfession und Rasse. Das Herz weitet sich zur Welt. Es gibt keine entscheidendere Erkenntnis als zu wissen, daß der Andere das gleiche Recht zu leben hat wie ich und du.

Schon in den Schulen sollte in Kindern und Jugendlichen der Sinn für die All-Einheit geweckt werden, indem man Religion und Dichtkunst der anderen Völker und Rassen in den Lehrplan einbezieht. Es handelt sich nicht um Europa oder Asien, sondern um die ganze Menschheit, die Raum- und Zeitlosigkeit des schöpferischen Geistes. *S. 144*

Wie ein Individuum, das nur für die Wohlfahrt des eigenen Ich lebt, menschenfeindlich, d. h. krank zu nennen ist, so ist ein Volk, das sich heute ohne Weltverantwortung ausschließlich den eigenen Zielen widmet, kultur- und menschenfeindlich.

Wir sind nicht stumme Werkzeuge einer blinden Macht, jeder Einzelne ist Baumeister einer vollkommeneren, auf den Menschen ausgerichteten Welt oder auch – ihr Zerstörer.

Kulturfeindlich ist auch das farblose Weltbürgertum, die Haltung der selbstmörderisch Gleichgültigen. Internationalismus ist der Tod aller Kunst, die das Wesenhafte und Werthafte eines Volkes zum Ausdruck bringt und eine übergreifende Einheit in der Mannigfaltigkeit schafft. *S. 145*

In allen Ländern taucht ein neuer Menschentypus auf, der das Gleichgewicht zwischen Heimatliebe und Weltverantwortung, zwischen Köhlerglauben und Atheismus, die Mitte zwischen Gefühl und Vernunft gefunden hat oder wenigstens sucht.

S. 146

Zur Welteinheit trägt jeder Einzelne bei, indem er drei Dinge verwirklicht: das eigene Leben vergeistigt; sich die Mühe nimmt, den Anderen kennenzulernen und anzuhören, und die Demut aufbringt, auch das Fremdartige gelten zu lassen. *S. 148*

Jedes Individuum, ob talentvoll oder talentlos, hat auf Erden eine nur ihm gemäße Aufgabe zu erfüllen, die ihm, wenn er alle seine Kräfte angespannt, weder Geiz noch Feigheit kennt und auch in sternenloser Winternacht auf einsamem Wachtposten ausharrt, das Tor ins Paradies öffnet, insofern es ein solches gibt. *S. 162*

Unsere Erde ist eine Provinz des Kosmos und unsere europäische Halbinsel – ein Zankapfel zwischen Amerika und Sowjetrußland. Ein Kennzeichen unserer Gegenwart ist der Drang, den Kosmos zu erforschen, zu durchreisen, neue Sterne zu besuchen.

Gegen die Eigenarten eines Kontinents und noch mehr gegen die eines Volkes sich zu verschließen, ist heute nicht mehr möglich. Die Beziehungen zwischen Amerika und Sowjetrußland sind gespannt. Um Europa kämpfen zwei Großmächte, und die Zukunft wird entscheiden, ob sich Europa in politischer und kultureller Hinsicht Amerika oder Sowjetrußland unterwerfen wird.

Die historischen Ereignisse sind nicht eine determinierte Kette. Von einzelnen Staaten, d.h. von jenen, die ihre Staatsmänner wählen, hängt es ab, ob wir einander zerfleischen oder endlich lernen werden, als Mitglieder einer großen Menschheitsfamilie zu leben. Leben lassen hängt mit Anerkennung zusammen, und Anerkennung bedeutet Hinwendung zum Du, wie zum individuellen so auch zum Du einer Nation oder Rasse, dem anderen in seiner ganzen Existenz gelten zu lassen.

Anerkennen ist nur durch Kenntnis des Du möglich, ohne Wegweiser verirren wir uns wie in der geographischen, so in der seelischen Landschaft.

Um ein Volk von innen kennenzulernen, müssen wir die Dichter, die Wegweiser dieses Volkes studieren. Es genügt nicht, daß wir ein Land bereisen, Berge besteigen, auf Flüssen und Seen herumfahren, im Restaurant ein Nationalgericht bestellen – das Wesentliche, das Unterschiedliche, das Einmalige eines Volkes, seine Tugenden und Untugenden sammeln sich in den Werken der Dichter.

Porträts ... S. 5

Werke Zenta Maurinas, die für diese Sammlung verwendet wurden, in chronologischer Reihenfolge:

Mosaik des Herzens, Essays (1947)
Gestalten und Schicksale, Essays (1949)
Die weite Fahrt. Eine Passion (1951)
Dostojewskij, Menschengestalter und Gottsucher, Monographie (1952)
Denn das Wagnis ist schön. Geschichte eines Lebens (1953)
Um des Menschen willen, Essays (1955)
Im Zuge des Lebens, Roman (1956)
Die eisernen Riegel zerbrechen. Geschichte eines Lebens (1957)
Auf der Schwelle zweier Welten, Essays (1959)
Über Liebe und Tod, Essays (1960)
Sieben Gäste. Die Geschichte einer Woche (1961)
Die Langeweile und der gehetzte Mensch, Essays (1962)
Nord- und südliches Gelände. Schwedische Tagebücher 1946–1951 (1962)
Welteinheit und die Aufgabe des Einzelnen, Essays (1963)
Im Anfang war die Freude. Variationen über das Thema Weihnachten (1964)
Begegnung mit Elly Ney. Eine Danksagung (1964)
Jahre der Befreiung. Schwedische Tagebücher 1951–1958 (1965)
Die Aufgabe des Dichters in unserer Zeit, Essays (Jolis Verlag, Lenz u. Co 1965)
Verfremdung und Freundschaft, Essays (1966)
Birkenborke – Benjamin. Zwei Kurzromane (1967)
Porträts russischer Schriftsteller, Essays (1968)
Abenteuer des Menschseins. Schicksale und Bekenntnisse 1959–1965 (1970)
Tod im Frühling, Erzählungen (1972)
Der Mensch, das ewige Thema des Dichters (1972)
Kleines Orchester der Hoffnung, Essays zur östlichen und westlichen Literatur (1974)
Mein Lied von der Erde, Wegstrecken (1976)

Die Marmortreppe, Erzählungen (1977)
Meine Wurzeln sind im Himmel, letzte Wegstrecken (1979)

Alle genannten Werke sind im Maximilian Dietrich Verlag, Memmingen, erschienen, soweit nicht anders angegeben.

Inhalt